영혼 있는 노동

영혼 있는 노동

발행일 : 제1판 제1쇄 2019년 9월 9일 제1판 제3쇄 2021년 5월 20일
지은이 : 이철수·이다혜 발행인·편집인 : 이연대
편집 : 김하나 제작 : 강민기
디자인 : 유덕규 지원 : 유지혜 고문 : 손현우
펴낸곳 : ㈜스리체어스 _ 서울시 중구 삼일대로 343 9층
전화 : 02 396 6266 팩스 : 070 8627 6266
이메일 : hello@bookjournalism.com
홈페이지 : www.bookjournalism.com
출판등록 : 2014년 6월 25일 제300 2014 81호
ISBN : 979 11 89864 28 6 03300

노동법상 용어의 띄어쓰기는 법령과 판결문을 기준으로 하였습니다.

BOOK
JOURNALISM

영혼 있는 노동

이철수 · 이다혜

; 노동을 둘러싼 환경과 조건이 시대의 요구에 부응하며 발전해 온 것은 시기별로 사회 구성원의 합의를 거쳐 문제 해결에 필요한 법적, 제도적 선택을 거듭해 왔기 때문이다. 역사를 돌이켜볼 때, 현재의 4차 산업혁명이 노동의 미래를 결정한다는 수동적 운명론은 옳지 않다. 오히려 노동의 미래가 어떠해야 한다는 규범적 방향을 적극적으로 제시해야 양질의 노동과 인간다운 생활을 누릴 수 있을 것이다.

차례

본문의 내용은 다음의 논문 및 연구 보고서를 기반으로 하고 있다.

이철수·이다혜, 〈한국의 산업구조변화와 노동법의 새로운 역할〉,《서울대학교 법학》, 제58권 제1호, 2017.

이철수, 〈근로계약의 해석론적, 입법론적 과제〉,《노동법학》, 제15호, 2002.

이철수, 〈IMF 구제금융 이후의 한국의 노동법제 발전〉,《서울대학교 법학》, 제55권 제1호, 2014.

이철수, 〈산별체제로의 전환과 법률적 쟁점의 재조명〉,《노동법연구》, 제30호, 2011.

이철수, 〈판례를 통해 본 사내하도급의 법적 쟁점〉,《김지형 대법관 퇴임 기념 논문집》, 노동법 실무연구회, 2011.

이철수, 〈통상임금에 관한 최근 판결의 동향과 쟁점 - 고정성의 딜레마〉,《서울대학교 법학》, 제54권 제3호, 2013.

이철수, 〈통상임금 관련 2013년 전원합의체 판결의 의미와 평가〉,《노동법학》, 제49호, 2014.

이철수, 〈노동법의 신화 벗기기: 아! 경영권〉, 서울대 노동법연구회 공개 세미나 발표문, 2017.

이철수, 〈새로운 종업원대표시스템의 정립〉,《노동법연구》, 제45호, 2018.

이다혜, 〈4차 산업혁명과 여성의 노동: 디지털 전환이 돌봄노동에 미치는 영향을 중심으로〉,《법과사회》, 제60호, 2019.

이다혜, 〈시민권과 이주노동-이주노동자 보호를 위한 '노동시민권'의 모색〉, 서울대학교 법학박사학위논문, 2015.

이다혜, 〈공유경제(sharing economy)의 노동법적 쟁점: 미국에서의 근로자성 판단 논의를 중심으로〉,《노동법연구》, 제42호, 2017.

이다혜, 〈기본소득에 대한 노동법적 고찰-근로권의 재구성을 위한 시론적 검토〉,《서울대학교 법학》, 제60권 제1호, 2019.

이철수 외, 〈경제 산업 환경 변화에 대응한 새로운 노동 패러다임 확립에 관한 연구: 한국형 노동 4.0〉, 고용노동부 연구보고서, 2018.

경쟁과 성과에서,
영혼이 담긴 노동으로

노동법은 경제적, 정치적, 사회적 맥락의 복합적 산물이다. 우리 노동법의 현실에는 한국 사회가 겪어 온 대내외의 문제들이 녹아 있다. 대외적으로는 글로벌 불평등의 심화, 저성장 사회 진입, 기술 혁신에 따른 무한 경쟁이라는 전 지구적 경향이 있다.[1] 대내적으로는 전후 압축적 경제 성장을 이뤄 내는 과정의 산업 구조 변화, IMF 구제 금융 이후 심각해진 양극화 현상, 비정규 고용으로 인한 위험의 외주화 문제, 가부장적 인습을 청산하지 못한 데에서 비롯되는 일·가정 양립의 극심한 어려움, 갑질의 만연 등의 문제가 있다.

1990년대 전후에는 달라지는 환경에 대한 문제 해결 방법으로 기업에 대한 규제 완화와 전통적인 노동보호법에 대한 회의에서 출발한 노동 유연화가 거론되었다. IMF 이후의 대대적인 법 개정은, 당시 노사정 대타협의 성과는 별론으로 하더라도 결국 신자유주의 정책 기조에 직접적인 영향을 받아 우리 노동법의 보호 역할이 여러 측면에서 약화된 대표적인 사건이었다.

2000년대 중후반 이후, 최근 10여 년의 흐름에서 신자유주의 사조는 더 이상 대세로 보기 어렵다. 2007년 전 세계를 강타했던 미국발 금융 위기를 계기로 세계적 차원에서 시장 만능주의에 대한 반성이 본격화되기 시작했다. 미국의 진보 경제학자 조지프 스티글리츠Joseph Stiglitz는 시장에 자기 조절 능력이 있다고 믿는 것은 잘못된 신념에 불과하며, 무분별한 금융 정책과 미국 등 강대국의 이기주의가 세계적인 경기 침체를 초래한 것으로 진단했다. 그리고 경제 위기 해결을 위해서는 국가의 역할과 사회 보호가 중요하다고 역설했다.[2]

2013년에는 프랑스의 경제학자 토마 피케티Thomas Piketty가 《21세기 자본》에서 글로벌 불평등과 양극화의 심각성을 체계적으로 보여 주며 시장 만능주의의 오만이 얼마나 위험한지 경고해 주목을 받았다. 지난 300년간의 통계 분석을 통해 자본 수익률이 경제 성장률보다 높을 때 부의 양극화 및 불평등이 심화된다는 점을 밝히고, 이를 해결하려면 글로벌 자산 누진세 등 전향적인 조치가 필요하다는 피케티의 주장은 서구 사회는 물론 우리나라에서도 큰 반향을 일으켰다.[3]

신자유주의 사조와 불평등에 대한 반성은 노동법에 직접적인 화두를 던져 준다. 우리 헌법은 자유권에 기반한 정치적 민주주의는 물론 국민의 경제적, 사회적 평등을 지향하는 사회 민주주의social democracy 관념에 기반하여 국민의 근로권 보장 및 근로조건 법정주의(헌법 제32조), 노동3권의 보장(제33조), 인간다운 생활권(제34조) 및 경제 민주화(제119조)를 표방하고 있다. 노동법제는 이러한 헌법상 기본권을 실현하기 위해 제정된 것이므로 우리 산업 구조의 불평등은 필연적으로 노동법제의 재검토를 요구한다. 노동 보호의 관념과 규범으로서 노동법의 중요성이 새롭게 부각되는 시대가 온 것이다.

경쟁과 성과만을 강조하는 신자유주의 사조는 점차 설득력을 잃어 가고 있다. 경제 성장을 위해 노동의 희생을 당연한 것으로 치부해서는 안 된다는 명제에 대한 공감대는 이미 형성되어 있다. 그렇다면, 그다음은 무엇일까? 국제노동기구ILO에서는 21세기에 양질의 노동decent work은 하나의 목표가 아니라, 지속 가능한 경제 발전을 위한 당연한 과정이라고 강조하면서 '포용적 성장inclusive growth'을 천명했다.[4] 독일에서는 《노동 4.0》 녹서 및 백서에서 디지털 혁명에도 불구하고 국민의 '좋은 노동'과 사회 안전망이 계속 유지되고 보호되어야 함을 이야기하고 있다.

최근 4차 산업혁명을 둘러싼 관심과 논란이 뜨겁다. 각양각색의 논의는 결국 고용 및 노동에 대한 우려와 맞닿아 있다. 디지털 기술 혁신으로 인공지능, 로봇, 무인화 공장 등이 도입되고 있다는데, 일자리가 대폭 감소하는 것은 아닐까? 인간과 기계가 경쟁하는 시대가 온다면 지금의 근로조건이 더욱 악화되는 것은 아닐까?

그러나 역사는 기술 혁신이 반드시 고용 감소로 이어지지 않는다는 사실을 반복적으로 보여 주었다. 과거 1차 산업혁명, 즉 증기 기관의 발명과 함께 최초의 산업 사회가 도래하면서 열악한 노동이 사회 문제로 부상했을 때, 서구 국가들은 이에 대처하기 위해 사회 보험을 고안해 초기 형태의 복지 국가를 만들었다. 20세기 들어 세계 대전과 대공황을 겪으면서 다시금 실업과 빈곤이 문제되자, 각국은 오늘날 우리가 누리고 있는 노동법과 표준고용관계를 확립해 위기를 극복했다.

　　노동을 둘러싼 환경과 조건이 시대의 요구에 부응하며 발전해 온 것은 시기별로 사회 구성원의 합의를 거쳐 문제 해결에 필요한 법적, 제도적 선택을 거듭해 왔기 때문이다. 역사를 돌이켜볼 때, 현재의 4차 산업혁명이 노동의 미래를 결정한다는 수동적 운명론은 옳지 않다. 오히려 노동의 미래가 어떠해야 한다는 규범적 방향을 적극적으로 제시해야 양질의 노동과 인간다운 생활을 누릴 수 있을 것이다.

　　많은 경우 사회의 변화가 법의 변화로 이어지곤 한다. 그러나 반대로 전환과 혼란의 시기에 먼저 방향을 제시하는 것도 법의 중요하면서도 본질적인 역할이다. '영혼 있는 노동'이 가능한 사회를 위해 노동법은 고민을 시작해야 한다.

1   국가, 시장 그리고 노동 ; 한국의 노동법

독일 연방사회노동부의 《노동 4.0》 녹서는 노동의 역사를 네 단계로 구분한다. 증기 기관의 발명으로 새로운 생산 방식이 도입되고, 인류가 산업 사회를 맞이한 18세기 후반이 노동 1.0 시대다. 본격적인 대량 생산이 시작되고, 그로 인해 열악한 노동 환경이 사회 문제로 대두된 19세기 후반이 노동 2.0 시대에 해당한다. 이 시기에는 새로운 노동 문제를 해결하고자 최초로 사회 보험이 도입되었고, 복지 국가의 개념이 탄생했다. 세계 대전을 거치며 시장 경제가 자리를 잡고, 노동자의 권리가 보장되어 오늘날의 표준고용관계가 확립된 1970년대 이후를 노동 3.0 시대로 본다. 그리고 기술 혁신으로 생산 방식에 다시금 전환기가 도래한 현시점을 노동 4.0이라 부른다. 지금 우리는 디지털화, 상호 연결성, 유연성의 증대로 변화하고 있는 노동에 대한 새로운 사회적 합의가 필요한 시점에 와 있다.[5]

한국은 독일과 같은 서구 선진국에 비해 경제 발전이 늦었다. 그러나 노동을 둘러싼 변화의 과정은 큰 틀에서 다르지 않았다. 한국의 노동법은 현대사의 변곡점마다 함께 변화하며 발전해 왔다. 한국 노동법이 걸어온 발자취를 따라가 보면 정치, 사회, 경제 변화와 노동 관련 법 제도의 변화가 궤를 같이하는 뚜렷한 지점들이 보인다.

어느 국가든 노동법의 발전은 경제 성장 및 민주주의 성숙이라는 두 가지 전제 조건과 떼어 놓을 수 없다. 한국이 해방 이후 고도의 압축 성장기를 지나오며 경험했던 것들은 서구 국가들에서 약 2~3세기에 걸쳐 진행된 것들이었다.

노동 1.0 ; 국가의 주도

한국의 노동 1.0은 일제 강점기가 끝나고 해방을 맞이한 직후부터 전두환 군부 독재 정권의 탄압이 심했던 1980년대 중반의 시기다. 한국은 1953년에 비로소 근로기준법, 노동조합법, 노동쟁의조정법, 노동위원회법 등의 근대적 법률을 최초로 제정했다. 1953년에 제정된 법률들은 미 군정기 노동 정책하에서 형성된 법적 관행의 일정 부분을 수용하면서 기본적으로는 일본의 노동관계법을 계수한 것으로, 한국 노사관계의 현실을 반영하거나 외국법에 관한 면밀한 조사와 연구를 통해 제정된 것은 아니었다. 당시의 집단적 노동관계법은 노동조합의 자유 설립을 보장하고 단체교섭과 단체협약에 따라 노사가 근로조건을 만들어 나가는, 노조의 자율성을 최대한 존중하는 집단적 자치 원칙에 비교적 충실한 입법이었다. 그러나 종전 직후 한국의 경제적 토대는 무척 열악했다. 최소한의 생존을 담보하는 것조차 어려운 상황에서 기업과 노동자 집단이 대등한 위치에서 교섭하는 근대적 의미의 노사관계는 형성될 수 없었다. 법의 실효성을 말하기는 어려웠다.

산업화에 박차를 가한 제3공화국(1963~1972), 정치적 정당성의 결여로 정권 유지가 주요 현안이었던 유신 체제 (1972~1979), 권위주의 정부인 제5공화국(1981~1988)하에서도 노동법은 경제 효율성만을 극대화하기 위한 도구적 성격이 강했다. 국민 대다수가 경제 개발과 수출 증대를 위한 산업 역군으로 취급되었다. 1980년에 독재 정권은 협조적 노사관계를 진작한다는 구실로 사용자와 노동자가 함께 참여하는 최초의 노사협의회를 도입했지만, 그 실상은 자율적인 노조 결성을 방해하고 노동3권을 위축시키기 위한 목적이었다. 노사의 집단 자치는 제대로 작동하지 못했다. 국가가 절대 권력을 쥐고 주도권을 행사하는 가부장적 노사관계는 더욱 강화되었다. 법 개정에서 개별 노동자에 대한 보호를 일부 강화하기도 했지만, 사실상 사용자가 법을 준수하지 않은 것은 물론이고 국가가 수수방관하는 경우도 많았다. 국가의 보호막 아래 경제는 고도성장을 구가했지만, 노동의 목소리는 배제되고 노동조합은 억압받았다.

노동 2.0 ; 노동의 부상

6월 민주화 대투쟁과 함께 87년 체제가 형성되었다. 이 시기부터 1997년까지가 한국의 노동 2.0에 해당한다. 정치 민주화에 힘입어 그동안 억눌려 왔던 국민의 경제적, 사회적 요구가 봇물처럼 터졌다. 제한된 형태로나마 노동의 목소리가 부상하고 노동법이 제도화되었다. 1987년에서 1997년까지 노동법의 개정 과정은 그 이전과 뚜렷한 차이를 보였다. 정부가 경제 효율성 외에도 사회 형평성을 모색하기 시작한 것이다. 권위주의 정부 밑에서 비정상적 입법 기구들을 통해 개악을 거듭해 왔던 노동관계법은 내용 및 절차에서 정상화 과정을 밟아 나갔다. 기존의 저임금 장시간 노동 구조의 해체를 외치는 노동자들의 요구가 일부 받아들여지면서 임금이 큰 폭으로 상승했다. 1989년 노조 조직률은 19.8퍼센트로 역대 최고치를 기록했다.[6] 절차 측면에서는 처음으로 정상적인 입법 기관에 의해 여야의 토론과 합의를 거쳐 법 개정이 이뤄졌다.

90년대 들어 세계 경제 질서가 세계무역기구WTO 체제로 재편되고 한국이 ILO에 가입하면서 세계화, 국제화의 시각에서 노동법을 재검토할 필요성이 제기되었다. 아울러 노동계의 법 개정 요구도 이어졌다. 사용자 측에서도 노동 유연성과 기업 경쟁력을 강화하는 방향의 노동법 개정을 강력히 주장했다.

이에 따라 김영삼 정부는 노사관계 개혁위원회(노개위)를 발족했다. 양대 노총을 포함한 노동계 대표의 참여가 보장되었을 뿐만 아니라, 노사관계 개혁 관련 주요 현안들에 대한 협의가 실질적으로 이뤄졌다. 노개위에서 여러 논의와 우여곡절을 거친 끝에 집단적 노동관계법 영역에서 위헌성 논란이 있었던 법률들이 상당 부분 개선되었고, 개별적 근로관계법 영역에서는 노동 유연성을 제고하는 규정이 도입되었다. 합리적으로 제도를 개선한 부분도 상당수 발견되었다. 노개위의 성과에는 사회적 협조주의의 효시라는 평가가 뒤따랐다.

한국의 노동 2.0은 87년 체제의 형성과 함께 노동법이 절차 및 내용 면에서 정상화 과정을 밟은 시기라고 할 수 있다. 동시에 전 세계적인 신자유주의 사조와 한국 사회의 민주화 욕구가 갈등하면서 한국적 노사관계의 모습이 서서히 드러나기 시작한 시점이다. 국가는 노사의 주장을 일방적으로 수용할 수 없었지만, 노조는 강한 전투성을 바탕으로 대기업 중심의 기업별 체제에 안주하려는 경향을 띠기도 했다.

노동 3.0 ; 시장의 지배

1997년, 한국은 해방 이후 초유의 경제 위기에 직면했다. 노동의 민주화, 정상화 과정을 밟았던 한국의 노동법은 다시 변곡점을 맞았다. WTO 체제를 중심으로 한 신자유주의 돌풍은 한국 사회에 탈규제화와 노동 유연성이라는 이데올로기 공세를 퍼부었다. 불가피하게 많은 법 개정과 변화를 겪은 이 시기를 한국의 노동 3.0이라 할 수 있다.

국가적 위기 속에 대량 실업과 임금 저하 현상이 속출했다. 1997년 12월 김대중 대통령 당선자는 IMF 극복을 위한 노사정 협의회의 구성을 공식적으로 제안했다. 이러한 움직

임은 이듬해 노동계, 사용자 단체, 정치권과 정부 등의 사회적 합의 기구인 노사정위원회의 발족으로 이어졌다. 노사정위원회의 경제 위기 극복을 위한 사회 협약 체결을 계기로 노동법은 상당 부분 변모했다. 대대적인 노동법 개정은 2000년대 노동법제 형성에 지대한 영향을 미쳤다. 이를 바탕으로 현재 노동법의 주요 골격이 형성되었다.

먼저 근로기준법에 정리해고 관련 규정이 처음으로 도입되었다. 다만 기업이 정리해고를 실시하고자 할 때는 법으로 정하는 엄격한 요건을 충족하도록 했다. 정리해고를 원하는 사용자는 우선 사업의 양도, 인수, 합병 등 긴박한 경영상의 이유를 입증해야 한다. 또한 해고 회피 노력을 의무화했고, 해고 대상자는 합리적이고 공정한 기준으로 정해야 하며 이 과정에서 남녀 차별이 없어야 한다고 명시했다. 해고 전에 반드시 시간을 두고 통보하도록 하고, 일정 규모 이상의 인원을 해고하려 할 때는 노동부 장관에게 신고하도록 했다. 추후 회사의 사정이 나아져서 신규 채용이 가능해질 경우, 정리해고되었던 근로자를 우선적으로 재고용하는 방안도 의무화했다.

근로자 파견 제도도 처음으로 도입되었다. 파견 기간은 1년 이내로 하되, 당사자 간 합의가 있을 경우 1년 더 연장하는 것으로 했다. 2년 이상 파견 근로를 한 경우에는 해당 노동자를 고용한 것으로 간주하도록 했다.[7] 사용자가 파산하더라도 체불 임금 및 퇴직금을 받을 수 있도록 하는 임금채권보장법도 제정되었다. 교원의 노조 설립, 공무원의 직장 내 단결 활동 일부 보장, 노조의 정치 활동 확대 등의 변화도 있었다. 직장 내에서 남녀 차별 행위와 성희롱을 금지하는 고용의 양성 평등 실현을 위한 제도까지 실질적으로 구축되었다. 2001년 근로기준법 개정을 통해 출산휴가를 기존의 60일에서 90일로 확대하였고, 2007년에는 기존 '남녀고용평등법'의 명칭이 '남녀고용평등과 일·가정 양립 지원에 관한 법률'로 변경되며 배우자 출산휴가, 육아기 근로시간 단축 제도 등이 도입되었다.

노사정위원회 구성 이후의 법 개정은 노사 간 이해 절충의 과정으로 볼 수 있다. 노동 유연성의 제고와 노동 기본권 보장을 양축으로 노동계와 경영계의 요구는 거부되기도, 받아들여지기도 했다. 입법 과정에서 제도적으로는 노동의 발언권이 보장되었지만, 국민의 정부와 그 뒤를 이은 참여정부는 국가 경쟁력 확보를 위해 신자유주의, 시장 우위의 정책에 더 집중하는 모습을 보였다. 노동자의 권익 보장보다는 유연안정성 확보와 인적 자원 개발을 중시했다.

IMF 외환 위기는 한국만의 특수한 노동 환경을 만들어냈고, 그것은 현재까지도 영향을 미치고 있다. 노동자들은 상시적 구조조정의 위기를 몸으로 체감하며 불안정한 노동 환경에서 일하고 있다. 아웃소싱 등의 경영 전략으로 고용을 감

축하고, 외주화하는 균열 일터fissured workplace 현상[8]은 심각한 사회 문제로 지적되고 있다. 노동 3.0 시기에 나타난 경제, 사회 문제들이 현재 우리 노동 환경에서 분출되고 있는 것이다. 노동법은 경제, 정치, 사회 맥락의 복합적 산물이다.

유연성인가, 안정성인가

'노동시장 유연화'라는 표현은 1990년대에 유행어라고 할 정도로 널리 쓰였다. 유연화를 지향하는 선진국들의 흐름에서 우리도 벗어나기는 어렵다는 공감대가 형성되어 있었다. 문제는 전통적인 고용 보호 법제의 존재 의의와 충돌하는 측면이 있다는 점이었다. 지속적으로 변화하는 시장에 적응해야 한다는 기업의 요구, 한편으로는 고용 보장이라는 노동자의 요구를 조화시키는 문제가 핵심 이슈로 부상했다.

이러한 상황에서 학자 중심의 노사관계제도 선진화위원회 논의를 거쳐 2003년 9월 노사관계 법제도 선진화 방안이 마련되었다. 노사정 타협을 거친 2006년에는 선진화 입법안이 채택되었다. 노동부는 유연안정성의 제고를 위해 다음과 같은 네 가지 실천 방안을 제안했다. 우선 해고 제도의 경직성을 완화하고 부당해고 구제 제도의 실효성을 제고하는 방안을 모색해야 한다. 둘째, 영업 양도와 같은 기업 변동의 필요성과 노동자의 권익 보호를 조화시켜야 한다. 셋째, 주5일제 실시와 관련해 근로시간 제도의 탄력성을 제고해야 한다. 넷째, 성과주의 임금 체계나 임금 피크제 도입을 통해 임금 제도를 합리화해야 한다.[9]

정부는 선진화 방안을 노사정위원회 본회의에 회부하고 논의 결과를 지켜본 후 노사 합의에 이르지 못할 경우, 선진화 방안을 중심으로 노사관계 법과 제도를 개선해 나가겠다고 밝혔다. 2005년 9월, 노사정위원회는 선진화 방안에 대한 논의 결과를 노동부에 이송했다. 노사관계 제도 선진화 연구 위원회의 제안들 가운데 체불 임금과 관련된 반의사 불벌죄, 미지급 임금에 대한 지연 이자 제도의 도입은 2005년 근로기준법 개정에, 해고와 관련된 형사 처벌 규정의 삭제, 이행 강제금 및 금전보상제, 해고의 서면 통지 제도의 도입은 2007년 법 개정에 각각 반영되었다. 또 노사정위원회 논의를 토대로 정부가 제출한 근로자퇴직급여 보장법이 제정되면서 퇴직연금 제도가 법제화되었다.[10]

20세기 말 선진국에서는 기존의 노동 보호 관념에 대한 회의가 제기되며 규제 완화론이 논의되기 시작했다. 그 근거로 경제의 지구화 및 불안정화, 실업 문제의 심각화, 급속한 기술 혁신 및 산업 구조의 변화, 국가의 규제 기능 축소, 고용 형태의 다양화 등이 거론됐다. 노동자의 생활 환경, 인생관 등이 다양화되고 이에 따라 다양한 근로 방식이 요구되고 있다는 점을 들어 노동법의 유연화를 주장하는 시각도 있었다.[11]

노동법의 유연화는 근로조건의 결정 시스템과 연관되어 있다. 예컨대 파트타임 근로, 재택 근무의 보급은 적어도 부분적으로는 그러한 근로 형태를 희망하는 노동자의 존재가 있어야 가능하다. 이런 경우 법률이나 단체협약에 의한 근로조건의 집단적, 획일적 결정의 비중이 줄고, 개별 계약에 의한 근로조건 결정의 비중이 늘게 된다. 전통적인 관점에서 근로조건은 국가의 노동보호법을 최저 기준으로 단체협약, 취업 규칙에 의해 결정되지만, 유연화의 추세는 법이나 산업별 단체협약의 하위 수준에서 결정의 자유를 확대할 것을 요구한다.

유연화는 최저 기준을 정한 법률적 규제의 완화뿐 아니라 법률 규정으로부터 당사자 자치로, 단체협약으로부터 사업장 혹은 개인 수준으로의 중심 이동을 수반한다.[12] 통상 규제 완화 또는 분권화decentralization로 표현되는 이러한 경향은 법률적 규제의 완화와 근로조건 결정 시스템의 변경을 요구한다.

한국에서는 보수적인 노동법 학자들이 이른바 '근로계약법제론'을 주창했다. 근로계약법제론의 구체적 내용은 대체로 종속노동론을 비판하고 개별 근로자의 자유로운 의사를 존중하는 방향으로 새로운 법 질서를 모색해야 한다는 것이다. 법학자 김형배는 현재의 근로자상은 노동 보호 법제가 마련되기 시작한 19세기 당시의 근로자상과 위상이 다르다고 전제한다. 근로자들이 보유하고 있는 학력·기능·기술의 정도에 있어서도 커다란 차이가 있을 뿐만 아니라 기업 내에서의 위치와 영향력도 전혀 비교될 수 없다고 평가했다. 따라서 당시의 보호 관념을 오늘의 상황에 그대로 적용할 수는 없으며 비현실적 보호 관념은 과감히 수정되어야 한다고 주장했다.

근로기준법이 노동보호법으로서의 성격에서 벗어나 근로자들에게 참여의 권한과 함께 책임도 부여하는 근로계약 기본법으로 재구성되어야 한다는 것이다.[13]

법학자 하경효는 노동법의 독자성에 의문을 제기하면서 보다 적극적인 입법론을 전개했다. 노동법도 본질적으로 사법 질서에 귀속되어야 하며, 노동자 보호뿐만 아니라 이해관계 조정의 규율 체계로 이해되어야 한다고 전제한다. 법의 해석, 적용, 발견에 있어서 노동법만의 고유한 방법론은 인정되기 어렵고, 노동자 이익 보호라는 이데올로기적 판단에 영향을 받으면 안 된다는 주장이다. 심지어 민법 고용편의 내용과 노동법상의 근로계약에 관련된 내용을 통합 규율할 필요성을 제안하기도 했다.[14]

종속노동론에 터 잡은 전통적 노동법학 방법론의 한계를 지적하는 선을 넘어, 듣기에 따라서는 노동법의 독자적 존재 의의를 부정하는 뉘앙스를 풍기는 이러한 접근 방식이 2000년대에 학자들의 관심을 끌었다는 사실만으로도 당시 우리나라에서 유연화, 규제 완화의 패러다임이 어느 정도로 강력했는지를 가늠할 수 있다. 그러나 근로계약법제론은 개별 의사를 존중하고 법 운용상의 구체적 타당성을 제고하기 위한 논의 정도로 이해하면 충분하다. 근로계약법제 또는 노동법의 유연화가 근로기준법의 보호법적 기능을 등한시하거나 노동보호법의 반대 개념으로 논의되는 것은 분명히 경계되어야 한다. 국제 조약과 우리 헌법이 상정하고 있는 노동 보호의 관념을 포기하지 않는다면 고용 보장과 유연화의 긴장 관계를 상생적으로 해결하려는 노력을 기울이지 않으면 안 된다. 현재의 노동법 구조 내에서 개선을 시도하지 않은 채 다른 패러다임의 도입을 논의하는 것은 자칫 문제의 본질을 호도할 우려가 있다.

위기의 노동조합, 산업별 체제로의 전환

2000년대 중반 우리나라 노사관계에서의 가장 큰 변화를 보려면 산별 노조를 살펴보아야 한다. 1990년대 말 IMF 경제 위기는 기업별 노조 체제의 한계를 극명하게 보여 주었고, 이에 따라 노동계는 노동조합의 조직형태를 기존의 기업별 노조 중심에서 산별 노조 중심으로 전환하는 운동에 속도를 냈다. 노동조합이 자율적이고 의도적으로 진행한 최근의 산별 노조 전환은 적어도 외견상으로는 상당한 성과를 거두었다. 2017년 말 기준 전체 조합원의 56.6퍼센트(118만 1533명)가 산별 노조 등 초기업노조 소속 조합원이다.[15]

　　그런데 우리나라에서는 오랜 기간 기업별 교섭 관행이 유지되면서, 산별 노조 전환이 이뤄진 후에도 사업장 단위에서 독자적 교섭이나 조합 활동을 하는 경우가 많다. 중앙 집중화가 덜 진전되어 있는 것이다. 산업별로 중앙 집중화의 정도, 교섭 권한의 분배, 조합 재정 관리 등에서 상당한 편차를 보이고 있기 때문에 단일한 해법을 찾기가 어렵다. 또한 사용자가 초기업 단위 교섭을 꺼리는 데다 사용자 단체도 제대로 결성되어 있지 않은 등 우리 노동시장의 특유한 문제 상황이 많다. 아직도 산별 체제로의 전환은 진화의 과정에 있다고 평가할 수 있다.

이러한 실태를 감안할 때, 산별 노조 전환과 관련해 발생할 수 있는 분쟁은 다음과 같이 유형화할 수 있다. 첫째, 기존의 기업별 단위 노조를 산별 노조의 지부나 분회로 전환할 때 발생하는 분쟁, 둘째, 산별 단위 노조의 지부나 분회를 기업별 노조로 바꿀 때 발생하는 분쟁 또는 소속 산별 노조를 변경하려고 할 때 발생하는 분쟁, 셋째, 지부나 분회가 단체교섭을 행하고 단체협약을 체결하려고 할 때 발생하는 분쟁, 넷째, 지부의 단체협약이 단위 노조의 단체협약과 충돌할 때 발생하는 분쟁, 다섯째, 단위 노조의 의사와 무관하게 독자적으로 쟁의행위에 돌입하려고 할 때 발생하는 분쟁이다.

새로운 유형의 분쟁에 대비해 관련된 법리의 실무적, 이론적인 재구성이 필요하다. 제도의 측면에서는 초기업 산별 노조와 사업장 내 의사결정 시스템, 즉 기업 내 노동조합, 근로자대표, 노사협의회 등과의 관계 설정을 검토해야 한다.

해석론적 차원에서는 산별 노조 지부와 분회의 의사결정 능력, 협약 체결 능력, 쟁의행위 능력, 산별 단체협약과 지부·분회 단체협약 간의 충돌, 조직형태의 변경, 지부 재산에 대한 처분권의 귀속, 산별 노조 간부의 사업장 출입권, 쟁의행위에 있어서의 산별 노조의 책임, 부당노동행위의 주체 및 구제 신청권자, 산별 노조 활동과 업무상 재해의 인정 여부, 산별 노조와 창구 단일화의 관계 등의 쟁점이 부각된다. 이 가운데 가장 집중적으로 논의되는 쟁점이 하부 조직의 교섭 당사자성과 조직형태의 변경 문제다.

먼저 하부 조직의 교섭 당사자성에 대해 살펴보면, 하부 조직의 교섭은 단위 노동조합의 총체적 의사와 현장 노동자들의 개별적 요구 사이의 가교 역할을 한다. 하부 조직의 당사자 적격성을 둘러싼 논의는 두 가지 질문으로 정리할 수 있다. 첫째, 단위 노조로부터 교섭 권한을 위임받았는지에 상관없이 하부 조직이 그 자체로 독자적인 단체교섭권을 가지는가? 둘째, 하부 조직에 고유의 단체교섭권이 인정될 경우, 단위 노조의 통제권과 관련해 하부 조직의 교섭 권한이 어느 정도로 제약받는가?

지부가 단체교섭의 당사자가 될 수 있다는 의미는 교섭 영역뿐 아니라 조합 활동이나 쟁의행위에서도 독자적인 의사결정권을 가진다는 것이다. 대법원은 지부가 일정한 사단적 실체를 가지는 경우에는 독자적인 단체교섭권 및 협약 체결 능력을 가질 수 있다고 해석하고, "노동조합의 하부 단체인 분회나 지부가 독자적인 규약 및 집행 기관을 가지고 독립된 조직체로서 활동을 하는 경우 당해 조직이나 그 조합원의 고유한 사항에 대해 독자적으로 단체교섭하고 단체협약을 체결할 수 있고, 이는 그 분회나 지부가 노조법 시행령 제7조의 규정에 따라 그 설립신고를 하였는지 여부에 영향받지 않는다"고 판단한다.[16]

학계에서는 지부의 교섭·협약 능력을 인정하는 대법원 판결에 대해 비판적 입장을 취하고 있다. 핵심은 지부의 실체성만을 이유로 하는 단체교섭 당사자의 인정은 조합 조직의 원리나 대표성의 원칙에 반하고,[17] 산별 노조의 단체교섭권을 형해화한다는 것이다.[18] 또한 지부는 독자적인 노동조합이 아니기 때문에 산별 노조 규약상의 수권이나 위임에 의해서만 단체교섭이 가능하며, 지부의 조직적 실체성 여부와 산별 노조 규약에 합치하는 지부의 교섭 능력 여부는 별개의 문제라는 점 등을 제시한다.[19]

그러나 산하 조직이 그 명칭과는 무관하게 실질적으로는 단위 노조와 다를 바 없는 경우도 있고, 형식적으로는 산별 단위 노조지만 실제로는 산별 연합단체인 경우도 있다.[20] 지부의 능력을 부정하는 견해들은 지부가 실질적 교섭 당사자로 활동할 뿐 아니라 단위 노조와의 관계상 교섭권한의 배분 및 조정이 이루어지는 실태를 적절히 반영하지 못한 것이다. 만일 단위 노조가 교섭권 배분, 조정에 성공하지 못했다면 그 원인은 당사자성의 유무에서 찾을 것이 아니라 단위 노조 자체의 단결력, 조정 능력의 부족 등 다른 요인에서 찾아야 한다. 조합 민주주의의 관점에서 볼 때, 사단적 실체를 갖는 단체에 대해서는 법률적 지위를 부여하는 것이 바람직하다. 지부의 당사자성을 일률적으로 부정할 필요는 없다.[21]

다음으로, 조직형태 변경의 문제를 살펴보자. 1997년 노조법이 새롭게 제정되며 '조직형태의 변경'이라는 용어가 처음으로 법에 등장했다. 제정 노조법은 제16조 제1항에서 노동조합 총회의 의결 사항 중 하나로 조직형태의 변경에 관한 사항(제8호)을 추가하고, 같은 조 제2항에서 "조직형태의 변경에 관한 사항은 재적 조합원 과반수의 출석과 출석 조합원 3분의 2 이상의 찬성이 있어야 한다"고 규정하고 있다. 이 내용은 현재까지 유지되고 있으며, '조직형태의 변경에 관한 사항'은 '연합 단체의 설립, 가입 또는 탈퇴에 관한 사항'(제6호), '합병, 분할 또는 해산에 관한 사항'(제7호) 등과 독립해 병렬적으로 규정되어 있다.

이 규정은 단위 노조가 초기업적 단위 노조의 지부로 조직형태를 변경하는 경우 또는 상부 연합 단체가 단위 노조로 조직형태를 변경하는 경우 해산 절차나 별도의 설립 절차를 거치지 않고 동일한 법률상의 자격을 부여하기 위해 마련된 것이다. 실제 이러한 조직형태의 변경 방식은 1990년대 후반부터 가속화된 산별노조의 건설 과정 및 이후의 조직 이탈 수단으로 널리 활용됐다. 이 때문에 조직형태 변경은 실무적, 학술적으로 주목받는 쟁점이 된다.

그런데 노조법은 조직형태 변경의 의의나 요건 또는 그 효과에 대해서는 아무런 규정을 두지 않고 있으므로 조직형태 변경의 실체적 사항들은 여전히 해석에 맡겨져 있다. 원칙적으로 조직형태의 변경이 있더라도 재산 관계나 단체협약이 유지 또는 승계된다고 보아야 한다는 점에서는 해석이 거의 일치한다. 그러나 조직 대상의 의의와 범위에 관해서는 견해의 대립이 심각하다.

우선 조직형태의 요건 설정에 있어, 기존 조직과의 '동일성'을 포함시킬 것인지가 중요 쟁점이다. 기업별 노조가 산별 노조의 지부 또는 하부 조직으로 변경하는 경우에는 대부분의 학설이 조직형태의 변경으로 인정하고 있다. 그런데 기이하게도 그 반대의 경우, 다시 말해 산별 단위 노조의 하부 조직에서 독립해 기업별 단위 노조로 조직형태를 변경하거나 다른 산별 단위 노조의 하부 조직으로 편입하는 경우에는 이를 조직형태의 변경으로 보지 않는 경향이 강했다. 편입의 경우는 독자적 행위 능력이 인정되는 기업별 단위 노조가 행한 결정임에 반해 이탈의 경우는 행위 능력이 없는 지부 또는 하부 조직의 결정이기 때문에 그 효과를 인정할 수 없다는 것이다. 이는 결국 산별 노조로 편입할 때와 하부 조직에서 이탈할 때, 양자를 구별해 조직 변경 인정 여부에 차이를 두어야 한다는 주장과 마찬가지다. 이 문제는 앞서 언급한 지부의 교섭 당사자성 문제와 궤를 같이한다. 필자는 판례와 같이 독립적인 실체를 가지는 지부나 하부 조직도 독자적 행위 능력을 가진다고 보기 때문에 이러한 해석에 반대해 왔다.

　　이런 질문을 던져 보자. 만약 기업별 단위 노조가 산별 노조의 단순한 하부 조직으로 편입되는 경우를 조직형태의 변경이라 할 수 있을까? 이 경우에는 이탈할 때와 마찬가지로 조직형태의 변경에 해당되지 않는 것으로 보아야 한다. 이러한 편입은 독자적 의사결정 능력을 가지는 하나의 사회적 실체entity가 그러한 능력이 상실된 하부 조직이나 부품으로 질적 전환하는 것이기 때문에 이미 실질적 동일성을 인정할 수 없다. 조직형태의 변경은 존속에서 존속으로의 수평적 이동을 전제하기 때문에, 편입할 때에 조직형태를 변경할 능력이 있다면 편입된 후에도 독자적 의사결정 능력을 가진다는 점을 전제해야만 가능하다. 그렇지 않으면 조직형태의 변경에 부여되는 법적 효과, 재산 관계 및 단체협약의 주체로서의 지위 부여를 기대할 수 없기 때문이다.[22] 요컨대 조직형태 변경의 경우 편입할 때와 이탈할 때를 구별할 수 없다. 양쪽 모두 조직형태의 변경이 아닌 것으로 보거나, 조직형태의 변경에 해당된다고 보는 경우 외에는 논리적으로 상정할 수 없다.[23]

균열 일터와 하청노동의 문제

사내하도급 노동자는 하청업체에 고용되어 원청업체의 일을 한다. 계약상 사용자와 업무를 지시하고 명령하는 사용자가 다른 것이다. 사내하도급은 전형적인 민법상의 도급계약과는 다른 특성을 지니고 있고, 파견에 대한 규제를 회피하기 위해 탈법적으로 이용되는 경우가 많아 다양한 노동법적 쟁점이 발생한다.

　대표적인 쟁점으로 네 가지를 들 수 있다. 첫째, 원청회사의 하도급 결정과 관련한 쟁점이다. 하도급 결정이 원청 노조의 단체교섭의 대상이 되는지, 경영상 해고와 고용 승계 대상으로 볼 수 있는지가 쟁점이다. 둘째, 위장 도급 시 원청회사의 계약 책임을 묻고자 하는 경우에 발생하는 문제이다. 원청회사와의 근로계약 관계의 존재를 주장하거나 파견법상 고용 의무 조항의 적용을 주장하는 것이다. 셋째, 근로계약의 성립 여부와 상관없이 원청회사에 단체교섭을 요구하거나 부당노동행위 책임을 묻는 경우다. 이는 사용자 책임의 확대와 연결되는 문제다. 넷째, 원청회사와 하청 회사의 불공정 거래를 둘러싼 다툼이다. 기본적으로 경제법의 영역에서 다루어야 하는 성격의 문제다. 법원에서 주로 다투어진 사건은 위장 도급과 관련한 두 번째, 세 번째 쟁점에 대한 것이다.[24]

　　도급관계로 위장하려면 수급인의 외형을 띠는 자를 내세워야 하는데, 이 경우 외형상 수급인의 실체가 있는 경우와 전혀 없는 경우로 나누어 볼 수 있다. 실체가 없는 경우의 예로 '현대미포조선 사건'처럼 수급인의 법인격이 형해화되어 있는 경우, 또는 수급인의 관련 행위가 직업안정법상 유료 직업 소개 사업을 한 것에 불과한 경우가 있다. 수급인의 실체가 없다면 근로계약관계의 성립 여부나 책임을 원청회사에 물을 수밖에 없을 것이다.

　　한편 수급인의 실체가 있는 경우라면, 누구에게 사용자 책임을 물을 것인가가 쟁점이 된다. 이 경우에는 기존의 파견 법제가 어떻게 영향을 미치는지에 대한 입장의 대립이 생긴다. 행정지침에서 도급과 파견 또는 위장도급의 구별 기준을 마련하고 있으나 현실적으로 그대로 적용하기 어렵다. 사내 하청은 그 속성상 기업, 업종 및 산업에 따라 매우 유동적 형태를 취하고 있고, 근로계약과 도급계약의 요소가 비정형적으로 뒤섞인 혼합계약적 성격을 지니기 때문이다.[25]

　　하청근로자는 일의 완성을 목적으로 도급계약을 이행

하는 과정에서 법률적으로는 하청회사의 이행보조자 지위에 있으나, 실제로는 원청회사의 공간에서 자신의 노동력을 제공한다. 법 해석에 있어서는 이러한 사실을 종합적으로 고려하여 도급인지 파견인지 규범적 선택을 해야 한다. 즉 노동법으로 갈 것인가, 아니면 경제법과 상법으로 갈 것인가의 선택을 강요받는다. 노동부의 지침이나 법원의 해석처럼 도급과 파견을 모순 개념으로 이해하는 한 40퍼센트의 지휘·명령 요소가 있더라도 더 우세한 60퍼센트의 도급적 요인으로 인해 노동법적 보호를 도모하기 어렵다.

위장도급의 경우, 수급사업자의 실체성이 부인되는 경우에는 원사업자와 수급사업자의 근로자 간에 묵시적으로 근로계약이 성립한 것으로 해석하거나, 수급사업자의 실체성이 인정되는 경우에는 불법파견으로 보아 파견법상 사용자 책임을 묻고 있다. 후자의 경우 위법한 근로자공급사업으로 보아 고용의제 규정을 적용할 필요 없이 원사업자가 수급사업자의 근로자를 사용한 시점부터 직접 근로계약이 존재한 것으로 볼 수 있다. 또한 집단적 노동관계의 경우에는 사용자 개념의 외연을 확대하여 근로계약이 없는 경우에도 부분적으로 사용자 책임을 물을 수 있도록 하고 있다.

위와 같이 원사업자에게 계약 책임 또는 파견법상의 책임을 묻기 위한 법리들에서는 다음과 같은 문제점이 극복되어야 할 것이다. 첫째, 원사업주와 근로자 간 계약관계의 성립을 전제로 한 법리 구성은 해석을 통해 당사자의 의사에 반해 계약관계를 강제하는 것이므로, 각종 책임을 부담하도록 하는 것이 해석 재량을 일탈한 것이 아닌지에 관한 고민이 따른다. 구체적으로 이렇게 성립된 근로계약의 효력이 어떻게 되는지, 원사업자와 수급사업자의 책임 귀속 내지 배분 문제를 어떻게 해결할지, 기존의 수급사업자와 근로자 간에 형성된 근로관계는 어떻게 재해석할지가 과제로 남는다.

둘째, 파견법제를 통한 규제는 현행법에서 고용 의무 규정을 두고 있으므로 계약자유 원칙을 침해할 소지가 있다. 현재로서는 고용이 강제된 경우의 구체적 근로조건, 당사자 간에 근로조건에 관한 합의를 이루지 못한 경우에 대비한 해결 방법이 제시되지 않고 있다. 위법파견의 경우 전적으로 해석론에 맡겨져 있어 논란이 가중될 수 있으므로, 탈법 행위의 유형과 정도 등을 감안한 입법론적 작업이 필요할 것이다.

사내하도급에 대해서는 결국 입법적 대응이 필요하다. 그 출발점은 노동법 아니면 상법이라는 양자택일의 이분법을 지양하는 것이다. 근로자 개념의 어려움을 타개하기 위한 한 방편으로 ILO가 권고하는 이른바 '계약노동contract labor'에 관한 해법과 유사한 관점이다. 사내하청의 문제를 노동시장과 재화 시장의 중간 영역에 존재하는 회색 지대gray zone로 이해하고, 법의 해석이 아니라 있는 그대로의 사실, 실태에 즉응하는 해법을 찾아야 한다. 원청회사의 장소적 공간에서 발생하는 근로조건, 즉 근로시간, 산업 안전, 성폭력 방지 등의 배려 의무, 산업 재해 등에 대해서는 원청회사에 사용자 책임을 지우고 하청 노동자에게 단체교섭, 경영 참여 등 집단 목소리 collective voice를 보장하는 방법을 생각해 볼 수 있을 것이다. 국회와 정부의 진지한 고민이 필요한 문제다.

통상임금 대논쟁

2012년 '금아리무진 판결' 이후 통상임금의 범위를 둘러싼 분쟁이 본격적으로 급증했다.[26] 법리적 관점에서는 이전 판결들과 크게 다른 것은 아니었지만, 정기상여금이 통상임금에 포함될 수 있다는 결론으로 세간의 많은 관심을 끌었다.

통상임금은 노동법에서 보장하는 각종 법정 수당을 산정하기 위한 기초로 사용되는 일종의 도구적 개념이다. 현실에서는 상여금, 휴가비, 명절 귀향비, 선물비, 급식비, 교통비 등 무수히 다양한 명칭으로 지급되는 수당 중 과연 무엇이 통상임금으로 인정될지에 대한 분쟁과 논란이 끊임없이 제기되어 왔다. 경영계는 다른 수당과 달리 고정 상여금이 통상임금에 포함되면 비용 증가로 경영에 타격을 입게 된다고 주장했고, 판결의 결과에 대한 관심은 물론이고 법제도적 관점에서도 재검토가 필요하다는 지적이 거셌다. 그러나 금아리무진 이후 법원마다 판결의 결론이 다르거나 모순적인 판결이 나와 혼선이 일었다.

이러한 혼란을 해결하기 위해 대법원은 공개 변론과 연구를 거쳐 2013년 12월 전원합의체 판결을 내리게 된다.[27] 하급심에서 의견이 갈렸던 지점은 '고정성' 요건이었기 때문에 대법원은 이에 대해 구체적인 해석 기준을 제시했다. 대법원 판결에 따르면 통상임금으로 인정되기 위해서는 정기성과 일률성 및 고정성 요건을 충족해야 한다. 여기서 고정성이란 초과 근로를 제공할 당시에 그 지급 여부가 업적, 성과, 기타 추가적인 조건과 관계없이 사전에 이미 확정되어 있는 것을 의미하고, 고정적인 임금은 임의의 날에 소정근로시간을 근무한 노동자가 그다음 날 퇴직한다 하더라도 그 하루의 근로에 대한 대가로 당연하고도 확정적으로 지급받게 되는 최소한의 임금을 의미한다. 판결문에서는 고정성에 대해 "이 요건은 통상임금을 다른 일반적인 임금이나 평균 임금과 확연히 구분 짓는 요소로서 통상임금이 연장·야간·휴일 근로에 대한 가산 임금을 산정하는 기준 임금으로 기능하기 위해서는 미리 확정되어 있어야 한다는 요청에서 도출되는 본질적인 성질"이라고 밝혔다.

기존 판결들에서는 고정성의 유무를 '실제 근무성적에

따른 지급 여부 및 지급액이 달라지는지의 여부'[28]에 따라 판단한 것에 비하여 진일보한 입장을 취한 것이다. 이러한 해석에 따라 근무 일수나 근무 실적에 따라 지급액의 변동이 있게 제도가 설계되어 있더라도 고정성이 인정될 수 있는 길을 열어 놓았다.

> "매 근무일마다 일정액의 임금을 지급하기로 정함으로써 근무일수에 따라 일할 계산하여 임금이 지급되는 경우에는 실제 근무일수에 따라 그 지급액이 달라지기는 하지만, 근로자가 임의의 날에 소정근로를 제공하기만 하면 그에 대하여 일정액을 지급받을 것이 확정되어 있으므로, 이러한 임금은 고정적 임금에 해당한다."[29]

> "지급 대상기간에 이루어진 근로자의 근무실적을 평가하여 이를 토대로 지급 여부나 지급액이 정해지는 임금은 일반적으로 고정성이 부정된다고 볼 수 있다. 그러나 근무실적에 관하여 최하 등급을 받더라도 일정액을 지급하는 경우와 같이 최소한도의 지급이 확정되어 있다면, 그 최소한도의 임금은 고정적 임금이라고 할 수 있다."[30]

전원합의체 판결은 '사전확정성'을 고정성 판단의 핵심

적 요소로 삼았다. 지급액의 절대 고정성에 함몰되어 있던 기존의 논의를 극복할 수 있는 길을 열어 준 점에서 발전된 해석론으로 평가할 수 있다. 지급액의 변동 여부에 따라 기계적으로 고정성 유무를 판단하던 다수의 하급심 판결[31]들은 더 이상 지지될 수 없게 되었다.

그런데 대법원은 명절 상여금 등 특정 시점에 재직 중인 노동자에게만 지급하기로 정해진 임금과 관련해서는 다른 해석을 내놨다. 이미 성취 여부가 확정된 근속연수 요건 등과는 달리, 특정 시점에 재직하는 것은 향후 성취 여부가 불분명하기 때문에 소정 근로의 대가로 보기 힘들고 비고정적이라는 것이다. 시점에 앞서 근로를 제공했던 사람이라도 해당 시점에 재직하지 않는다면 지급하지 않고, 해당 시점에 재직하는 사람이라면 앞서 일하지 않았더라도 지급하는 조건이라면 장래의 불확실한 사실에 의존하기 때문에 비고정적이라고 봤다. 복리후생비 판결에서 명절 상여금을 고정 상여금과 달리 비고정적인 임금으로 판단한 이유다. 이렇게 해석하면 향후 복리후생비의 대부분이 통상임금에 포함되지 않을 수 있다. 임금 지급기를 초과해서 지급되는 복리후생비의 경우 중도에 퇴사하면 청구하지 않는 것이 일반적인 관행이기 때문이다.

이와 관련, 정기상여금 판결에서 '일정한 근무 일수를 충족하여야만 하는 임금'의 개념을 도입하고 있다는 점이 눈에 띈다.[32] 장기 근속 수당 등 일정 근무 일수를 충족해야만 지급되는 임금은 근무 일수 충족이라는 추가 조건을 달성해야 지급되는 것이어서 소정 근로의 성격이라고 보기 어렵다는 것이다. 단, 재직 기간에 비례해 임금이 지급되는 경우는 소정 근로의 고정성을 갖는다고 했다.[33]

재직자 대상 복리후생비의 고정성 결여 판단은 문제가 있다. 이는 또 다른 갈등의 불씨가 될 수 있다. 재직 요건의 구체적 내용, 합의나 관행의 존재에 따라 해석이 달라질 여지를 남기는 것은 통상임금의 사전 확정성과 법적 안정성 측면에서 바람직하지 않다. 실제로 일각에서는 재직 요건에 따라 정기상여금도 통상임금으로 볼 수 없다는 주장이 나와 새로운 노사갈등의 여지를 만들고 있다.

현재 통상임금 제도는 다음과 같은 문제점을 안고 있다. 첫째, 통상임금 문제는 기본적으로 한국의 특유한 현상인 임금 체계의 복잡성에서 기인하는 것이다. 이 복잡성은 과거 경제 고성장기에 정부가 인플레이션을 억제하기 위해 시행했던 임금 가이드라인 정책, 노동법 적용을 회피하고자 하는 사용자의 임금 유연화 전략, 노동조합의 전략적 동조 등 복합적 요인이 작용한 것이다. 둘째, 기본급의 비중이 매우 낮은 기형적인 구조를 취하고 있으며 수당의 종류와 비중, 상여금의 비중이 사업장마다 천차만별이다.[34] 노사의 상호 양해로

임금 체계가 형성된 대규모, 유有노조 사업장일수록 수당의 종류가 많고 임금 체계가 복잡하며 상여금이 차지하는 비중이 높다. 셋째, 통상임금이 노동의 가치를 적정하게 반영하지 않음으로써 실질적으로 초과 근무 할증률을 낮추고, 장시간 근로를 조장한 측면이 있다. 실제로 김유선의 분석에 따르면 소정 근로에 대한 시간당 임금 평균이 1만 8000원임에 비해, 초과 근로에 대한 시간당 임금 평균은 1만 4000원으로 더 낮게 추정되는 기이한 현상이 발생한다.[35] 넷째, 정부는 기존의 예규를 고집하고 노사는 기업별 교섭을 통해 단기적 이익 조정에 급급하면서 임금 체계의 개선을 위한 노력이 부족했다.

임금 체계의 난맥상은 정부 정책, 노사관계 측면에서 원인을 찾을 수 있다. 통상임금과 관련한 가장 큰 문제는 통상임금이 소정 근로의 가치를 적정하게 반영하지 못해 장시간 근로를 조장하는 요인으로 작용했다는 점이다. 최근의 상여금 소송은 거의 대부분이 초과근로수당의 계산에 대한 것이므로 기본적으로 장시간 근로 문제와 관련되어 있다. 나아가 업종, 기업 규모, 고용 형태, 노사관계의 지형에 따라 임금 체계의 차별성이 심하고 임금 구성 항목 간의 불균형성, 기형성으로 인해 생기는 노동 사회학적 병리가 심각하다. 이런 기현상에 법은 일조하지 않았는가? 향후 문제 해결에 법은 기여할 수 없는가? 지금까지 법은 해석상의 혼선을 야기해 문제를 키웠다. 향후 합목적적 법해석을 통해 문제 해결 방안을 찾아야 한다. 이러한 역할은 결국 법원의 몫이다. 그러나 보다 근본적으로는 기형적 임금 체계의 개선이 선행되어야 한다.

경영권이라는 허구

"(…전략…)오늘의 우리나라가 처하고 있는 경제 현실과 오늘의 우리나라 노동 쟁의의 현장에서 드러나는 여러 가지 문제점 등을 참작하면, 구조조정이나 합병 등 기업의 경쟁력을 강화하기 위한 경영 주체의 경영상 조치에 대하여는 원칙적으로 노동쟁의의 대상이 될 수 없다고 해석하여 기업의 경쟁력 강화를 촉진시키는 것이 옳다. 물론 이렇게 해석할 경우 우선은 그 기업에 소속된 근로자들의 노동3권이 제한되는 것은 사실이나 이는 과도기적인 현상에 불과하고, 기업이 경쟁력을 회복하고 투자가 일어나면 더 많은 고용이 창출되고 근로자의 지위가 향상될 수 있으므로 거시적으로 보면 이러한 해석이 오히려 전체 근로자들에게 이익이 되고 국가 경제를 발전시키는 길이 된다."[36]

기업이 잘되면, 근로자도 저절로 잘될까? 위 인용문은 2003년 한국가스공사 대법원 판결문 내용의 일부다. 대법원은 이 판결에서 구조조정에 반대하던 근로자들의 파업을 불법으로 규정하면서, 헌법을 비롯한 법률 어디에도 없는 '경영권'이라는 표현을 사용하며 기업의 경영권은 근로자의 노동 3권에 우선한다고 보았다.

이 판결은 선 성장 후 분배, 즉 경제가 먼저 성장하면 자연스럽게 분배의 문제도 해결된다는 경제학 이론인 낙수 효과trickle-down effect를 기정사실처럼 받아들이고 있다. 경제학자가 아닌 법관이 경제학 이론을 법 해석의 근거로 제시해도 되는 것일까? "유의하여야 한다", "과도기적 현상" 등의 표현은 정확성이 요구되는 판결문이라기보다는, 덮어놓고 기업 경쟁력만을 두둔하는 신문 사설에 더 가까워 보인다.[37]

2003년의 이 판결을 계기로 헌법상의 지위를 획득한 경영권은 이후 정리해고나 구조조정 판결에서 맹위를 떨친다. 대표적인 예가 2013년 철도 노조 파업이다. 당시 노조가 파업에 돌입한 당일, 사측에서 파업에 참가한 근로자들에게 징계 조치를 내렸다. 곧이어 정부는 파업을 불법으로 단정하고 공권력을 투입했고, 대다수 언론들은 연일 노조의 무책임과 집단 이기주의를 성토했다. 그러나 이후 법원은 결국 이러한 징계가 부당하고, 업무방해죄는 성립하지 않는다고 판단하였다. 한 편의 서부 활극을 보는 느낌이지만 근로자들의 고통은 너무 컸고, 국론은 분열되었다. 그사이 코레일 민영화는 차질 없이 진행되었고, 결과적으로 사용자의 경영권은 관철되었다. 경영권은 도대체 어떻게 주술에 가까운 '존엄'[38]한 지존의 반열에 올랐을까?

우선 경영권이 어떻게 진화해 왔는지 판례의 흐름을 통해 살펴보자. 1998년 이전까지의 대법원 판례는 경영사항에 대한 쟁의행위의 정당성을 일률적으로 부정하지는 않았다.[39] 그러나 1998년 IMF 경제 위기를 거치며 경영권의 불가침성을 인정하고 이를 헌법에 근거해서 보호하려는 판례들이 등장한다.[40] 당시 정리해고와 구조조정을 반대하는 쟁의행위가 크게 증가했고, 검찰이 이를 업무방해죄로 기소하기 시작하면서 쟁의행위의 정당성을 문제 삼은 형사 사건이 다수 발생했다. 그러나 대부분의 판결은 경영권의 불가침성을 확인하면서 유죄를 선고했다. 파업권의 행사를 억제해 오던 단결 금지의 법리가 강화된 것이다.[41]

1999년의 대우자동차판매 사건[42]에서는 지점 폐쇄 조치 자체의 철회를 목적으로 한 점거 농성은 '경영 주체의 경영권에 속하는 사항'을 목적으로 하는 것으로 정당하지 않다고 보았다. 2001년의 현대자동차 사건[43]에서는 노조의 정리해고 반대는 사용자의 정리해고에 대한 권한 자체를 전면적으로 부정하는 것으로서, 사용자의 경영권을 본질적으로 침해하는 내용이어서 단체교섭의 대상이 될 수 없고 쟁의행위는 목적

에 있어 정당하지 않다고 보았다. 2002년 조폐공사 사건[44]에
서는 경영권의 불가침성이 선언된다. 경영 주체에 의한 고도
의 경영상 결단에 속하는 사항은 특별한 사정이 없는 한 단체
교섭의 대상이 될 수 없고, 비록 그 실시로 인해 근로자의 지
위나 근로조건의 변경이 필연적으로 수반되더라도 이를 반대
하는 쟁의행위는 목적의 정당성을 인정할 수 없다는 것이다.
사실상 경영권의 배타적 성격을 인정한 것인데, 이 판결에서
는 한발 더 나아가 "경영권의 본질에 속하여 단체교섭의 대상
이 될 수 없는 사항에 관하여 사용자가 노동조합과 '합의'하
여 결정 혹은 시행하기로 하는 단체협약 조항이 있는 경우, 그
'합의'의 의미를 해석하기 위해서는 협약 체결 경위와 당시의
상황, 권한에는 책임이 따른다는 원칙에 입각하여 노동조합
이 경영에 대한 책임까지도 분담하고 있는지 여부 등을 종합
적으로 검토"하여야 한다면서 정리해고에 대한 노조와의 사
전 합의 조항을 '협의'의 취지로 해석하였다.

　　2003년 가스공사 사건은 대법원의 경영권 개념이 실체
를 드러낸 계기였다. 이 판결에서 대법원은 경영권을 헌법상
기본권으로 표현하면서, 그 근거로 헌법 제23조 제1항의 재
산권 보장, 제119조 제1항의 경제상의 자유와 창의 존중, 헌
법 제15조의 직업 선택의 자유를 제시한다. 그러나 기업의 이
러한 권리도 신성불가침의 절대적 권리일 수는 없어 노동3권

과 충돌이 일어날 수 있다고 하면서, 이를 조화시키는 한계를 설정하기 위해서는 기업의 경제상의 창의와 투자 의욕을 훼손시키지 않고 오히려 이를 증진시키며 기업의 경쟁력을 강화하는 방향으로 해결책을 찾아야 함을 유의하여야 한다고 보았다. 또한 정리해고나 구조조정은 근로기준법에서 충분한 다른 조치를 마련하였으니 단체교섭으로 이를 다루는 것이 적합하지 않고, 근로자참여 및 협력증진에 관한 법률상의 노사협의회를 통해서 해결하는 것이 바람직하다는 입장을 취했다. 이러한 대법원의 판시는 2000년대 후반까지 견고하게 유지된다.[45]

경영권을 옹호하는 판결문은 대체로 매우 공격적이다. 예컨대 판결문에서 사실 관계를 서술한 부분을 읽어 보면, 근로자들이 정리해고를 반대한다는 서술보다는 '저지', '백지화', '전면적' 등 판사의 편견이 개입된 단어가 난무한다. 대부분의 판결들은 판에 박은 듯 "정리해고 자체를 전혀 수용할 수 없다는 노동조합 측의 요구는 사용자의 정리해고에 관한 권한 자체를 전면적으로 부정하고 경영권의 본질적인 내용을 침해하는 것으로서, 단체교섭의 대상이 될 수 없다"는 표현을 사용하면서, '노동조합의 무리한 요구-무조건적 반대-정리해고 권한 자체의 전면적 부정-경영권의 본질적 침해'로 이어지는 도식을 전개한다. 그러나 설령 노동조합이 무리한 요구를 한다 하더라도 얼마든지 단체교섭에서 협상을 통해 조정될 수 있는 것이므로, 그 자체로 파업의 정당성에 영향을 주지 못한다는 것이 확립된 법리이다.[46] 실제로 파업의 전개 양상을 관찰해 보면, 정리해고나 구조조정 자체를 반대할 때에는 근로조건에 미칠 부정적 영향을 최소한으로 막아 보려는 의지가 담겨 있다. 근로자들의 이러한 절박함을 '무조건적 반대'로 단정할 수 있는지 의문이다.[47]

노동조합의 주장이 '경영권을 본질적으로 침해' 또는 '경영권을 근본적으로 제약'하기 때문에 단체교섭의 대상이 될 수 없다는 식의 표현은 동어 반복 또는 순환 논법이다. 왜 경영권이 본질적으로 침해되었는지에 대한 설명이나 왜 단체교섭의 대상이 될 수 없는지에 대한 설명이 없기 때문이다. 게다가 2003년 판결문의 "고도의 경영상 결단"이라는 표현에서는 황산벌 전투에 임하는 계백 장군에 비견될 만한 비장함마저 엿보인다. 조폐공사 사건과 가스공사 사건의 주심이었던 이용우 대법관은 퇴임 후 회고록에서 '대한민국 경제의 침몰을 막겠다'는 본인의 애국적 결단에 따라 이러한 판결을 내렸다고 주장했다.[48] 하지만 계백 장군은 역사 드라마의 주인공이 될 수 있을지언정 오늘날 한국 사회가 필요로 하는 법률가상에는 부합하지 않는다.

외국의 경우는 어떨까? 경영권이란 단어가 법률 용어로 사용되는 국가는 없다. 영미권의 경우, 과거 한때 우리말로 옮기면 경영 특권 또는 경영 권한 정도로 번역될 수 있는 managerial prerogative라는 표현이 간혹 사용되었으나 실정법상의 법률 용어는 아니다.

미국 법원은 우리와 유사한 사안에서 근로자들의 파업은 재산권과 경영권을 침해하는 것이니 막아 달라는 사측의 요구를 받아들이지 않고, 사용자가 경영권 개념을 주장할 수 없다고 판결한 바 있다. "사업을 경영할 권리를 '재산권'이라고 규정하는 순간, 그 개념은 마치 한 조각의 땅처럼 형체를 지닌 것으로 취급되는 오해를 빚어낸다. 사업은 물론 경제적, 금전적인 가치를 지니고 있으며 부당한 손해로부터는 법적 보호를 받을 권리가 있다. 그러나 경영권business이 마치 동산이나 부동산처럼 명확한 형체가 있는 하나의 물건은 아니다. 사용자와 노동자 사이의 관계를 규율하기 위한 목적으로 특별히 제정된 노동법을 단순히 재산권 원칙에 의거하여 비판해서는 안 된다."[49]

미국에서는 학술적으로도 경영권은 법적 권리가 아니라고 본다. 경영자의 법적 권리legal right와 경제적 힘economic power을 혼동해서는 안 된다는 것이다. 사용자와 근로자는 근로계약을 체결한 관계일 뿐이므로, 만일 근로자가 사용자의 권한에 따르지 않으면 사용자는 근로자를 해고하여 그 계약을 종료할 수 있을 뿐, 사용자가 근로자의 다른 모든 측면에 대해

포괄적인 경영권이라는 권리를 갖지는 않는다고 한다.[50] 경영자의 자본으로부터 비롯되는 권한을 법적인 의미의 권리로까지 승격시키지 않는다.

일본도 마찬가지다. 2차 세계 대전 직후 일본의 경영자들이 같은 시기 미국의 보수 진영을 중심으로 주장되었던 경영권 관념을 원용하며 노동조합의 단체교섭 요구를 거부하려 했으나, 이러한 주장은 법적인 근거가 빈약해 점차 설득력을 잃어 갔다. 학설이나 판례를 논할 때 경영권이라는 단어가 간혹 사용되더라도 실정법상으로, 학술적으로 명확한 정의나 근거가 존재하는 것은 아니다. 일본 판례는 경영, 생산, 기업 조직 재편과 통합, 회사 분할, 사업 양도, 사업 전환, 임원이나 관리직의 인사 등의 사항이라 할지라도, 조합원의 근로조건과 관련이 있고 영향을 주는 사항일 경우에는 의무적 단체교섭 대상이 될 수 있다고 본다.[51]

지금까지 경영권을 둘러싼 논의는 그 실체적 내용을 정하지도 않은 채 권리의 인정 여부를 논의하는 주객전도의 상태에 있었다. 법학자 신인령의 지적대로, 경영권의 기본적인 내용에 관해 아무런 근거가 없는 상황에서 경영권을 '사용자가 기업 경영에 필요한 기업 시설의 관리·운영 및 인사 등에 관하여 가지는 일체의 권한이라는 광범위하고도 막연한 의미'로 이해한 채 논의가 전개되어 버린 것이다.[52]

법원은 경영권의 근거로 헌법 제119조 제1항의 자유 경제 질서 조항, 헌법 제23조 제1항의 사유 재산 보장 등을 언급한다. 그러나 헌법 제119조는 우리나라가 경제의 기본 질서로서 사회적 시장경제를 택하고 있음을 확인하는 것일 뿐, 이것이 경영권의 직접 근거가 된다고 해석하기는 무리가 있다. 마찬가지로 제23조의 사유 재산 보장에서 경영권을 직접 도출하는 것도 논리적 비약이다. 기업이 재산권에 근거하여 자기 재산을 처분할 수는 있겠지만, 재산이 아닌 사람인 근로자에까지 처분권을 가질 수는 없기 때문이다.[53] 그렇다면 경영권은 상법상 영업권 개념과 유사한 것이 아닐까 생각해 볼 수 있겠지만, 상법은 주로 기업 간 거래 행위를 규율하는 것이므로 사용자와 근로자 관계를 규율하는 노동법과는 대상과 원리가 다르다. 따라서 경영권의 근거를 상법에서 찾기도 어렵다. 만에 하나 경영권이 법적으로 인정된 어떤 힘이라 가정하더라도, 그것을 관철시킬 법적 방식이나 절차가 존재하지도 않는다.

문제는 법원이 여전히 경영권을 근거로 단체교섭을 제한하는 판결을 내리고 있다는 점이다. 기업의 경영과 관련된 사항은 원칙적으로 단체교섭의 대상이 될 수 없다는 논지다. 그러나 미국이나 독일의 법리를 참고해 보면, 단체교섭에 있어 경영 또는 인사 관련 사항이라고 해서 근로자의 참여를 원천적으로 배제하지 않는다. 또한 무엇이 근로조건이며, 무엇이 경영사항인지는 시대와 국가에 따라 달라진다는 점을 상기해야 한다. 예컨대 과거 자본주의 초창기의 사용자들은 임금 수준을 결정하는 것조차 '경영사항'이라고 주장하며 이에 대해 근로자와 협상하는 것을 회피하려 했다. 그러나 오늘날 임금에 대해 단체교섭을 요구할 수 있는 것은 노동법에서 가장 기본적인 권리로 확립되어 있다. 경영사항의 범위 또는 내용은 결코 고정적이거나 절대적이지 않으며, 역사적으로 계속 변화해 왔다.

2010년대에 들어서는 경영권을 강고하게 옹호하던 판례 흐름에도 조금씩 변화가 감지된다. 대표적인 예로, 대전지방법원의 2011년 판결에서는 철도 파업을 주도한 노조 간부들이 업무방해죄로 기소된 사건에서 대법원의 경영권 판결의 논리를 정면으로 반박했다.[54] 이 판결은 대법원이 제시했던 '고도의 경영상 결단에 속하는 사항'은 쟁의행위의 목적이 불법인지를 판단하기 위해 일반적으로 적용할 수 있는 요건으로 따르기 어렵다고 보았다. 그 이유로 경영사항과 그렇지 않은 사항의 경계가 모호하다는 점, 헌법 제33조와 노조법 제1조 등을 종합해 보면 근로자의 경제적, 사회적 지위에 영향을 미치는 사항으로서 사용자가 처분권을 갖고 있는 사안이라면 그 어떤 것이든지 단체교섭의 대상이 되어야 하는 점, '근로자들의 노동3권을 제약함으로써 기업의 경쟁력이 회복

되고 투자가 살아나면 더 많은 고용이 창출된다'는 논리는 공리axiom로서 확립된 것이 아니라 논란이 많은 경제 이론이므로, 치밀한 학리적 검증 없이 판결에서 법적 논거로 인용할 수 없다는 점 등을 제시했다.

2012년 MBC 파업에 참여했던 근로자들이 해고를 당한 사안에서, 서울고등법원은 단체교섭의 대상이 될 수 있는 범위를 확장하여 눈길을 끌기도 했다. 공정 방송의 의무는 관련 법 및 단체협약에 의해 노사 양측에 요구되는 의무이며 동시에 근로관계의 기초를 형성하는 원칙이라고 보았다. 따라서 방송의 공정성을 실현하기 위한 제도적 장치를 마련 및 준수하는 것에 대한 교섭은 자율에 맡겨진 것이 아니라 사용자가 단체교섭 의무를 지는 것이며, 결과적으로 이러한 내용에 대한 근로자들의 파업의 정당성을 인정했다.[55] 2014년 포레시아 사건의 경우, 정리해고나 사업 조직 통폐합 등 기업의 구조조정은 원칙적으로는 사용자의 경영사항이라는 대법원의 기존 입장을 인용하면서도, 비록 사용자 경영권에 속하는 사항일지라도 노사가 임의로 교섭을 진행하여 단체협약을 체결하고, 그 내용이 강행 법규나 사회 질서에 위배되지 않는 한 유효한 단체협약이라고 보았다. 따라서 사용자가 만일 고용 안정을 내용으로 하는 단체협약을 위반하여 정리해고를 실시할 경우, 그러한 정리해고는 무효라고 보았다.[56]

2018년 아시아나항공 판결에서는 내국인 항공기 기장이 콧수염을 기르는 것을 금지한 회사 취업규칙의 유효성이 문제되었는데, 대법원은 기업의 경영에 관한 의사결정의 자유와 근로자들의 일반적 행동자유권이 충돌할 경우 기업의 영업의 자유는 근로자와의 관계 속에서 그 존엄성을 인정하는 방향으로 조화롭게 조정되어야 한다고 보았다. 이 판결에서는 기업의 영업의 자유라는 표현을 했을 뿐, 경영권이라는 표현은 쓰지 않았다.[57]

그동안 경영권의 개념과 내용은 명확히 검토되지 않았다. 우선 경영권의 권리성을 부정하고 사실상의 힘에 불과하다고 이해하는 쪽에서는 굳이 그 내용을 들여다볼 필요가 없다고 생각한 것 같다. 경영권의 구체적 내용이 적용되는 국면에서 관련 법규의 해석을 통해 법적 해결을 시도하면 그만이기 때문이다. 반면 권리성을 인정하는 경영자 단체, 노동부 또는 학자들의 경우 경영권의 내용으로 생각되는 여러 가지 활동들을 나열, 예시하는 정도로 경영권의 내용을 설명해 왔다. 오류 가능성이 없는 이러한 설명 방식은 아주 편리하게 활용되었다.

그런 점에서 경영권의 내용을 구체화하는 법학자 신권철의 논의는 의미가 있다. "경영권은 사업에 대한 운영이나 지배를 표현하는 단어이다. '경영권'은 두 가지 의미로 사용되는데 하나는 사업의 운영이나 지배를 위한 권능으로서의 사업과는 분리된 주주권(의사결정권)을 의미하고, 다른 하나는 사업조직 내에서의 기업의 사업수행을 위한 일반적 권한이다. 전자는 사업 외부적인 것으로서 승계되거나 방어되거나 인수되는 일종의 재산권처럼 인식되지만, 후자는 사업 내부적인 것으로서 행사되거나 제한되는 일종의 지배권처럼 인식된다. 전자의 경영권은 후자의 경영권을 정초한다. 상법(회사법)에서 말하는 경영권이 전자를 의미한다면, 노동법에서 언급되는 경영권은 후자를 의미한다. 이러한 양 측면을 모두 고려해서 개념 정의한다면, 경영권이란 의사결정 권한에 기반하여 사업을 운영하는 권리라 할 수 있다."[58] 요컨대, 경영권의 대상 또는 객체는 사업이고, 내용은 사업을 운영, 지배하는 것이라는 설명이다.

경영권의 내용과 실체를 규명하려는 시도는 법 해석의 기본이라 할 수 있다. 이러한 판단을 유보한 채 포괄적이고 모호한 상태로, 그리고 상법과 노동법 등의 구체적 조항을 매개하지도 않고 그 자체로 구체적 권리로 인정하는 것은 법해석학의 포기나 다름없다.[59]

일터의 목소리

우리나라 노조 조직률은 2017년 말 기준 10.7퍼센트로, 2004년 이후 최초로 10퍼센트대로 내려온 뒤 지속적인 하락 추세를 보이고 있다.[60] 이는 OECD 국가 중 미국과 함께 최하위권이다.[61] 물론 서구에서도 산업 구조 변화와 비정규 고용의 증대로 인해 조직률이 하락하고 있다. 그러나 우리나라의 경우 전체 경제 활동 인구의 거의 절반에 육박하는 비정규직 노동자들의 조직률이 2퍼센트대에 머물고 있어 지극히 낮고, 복수 노조 시행 이후 창구 단일화 제도 운용에 혼란도 존재한다. 한국의 이러한 특수한 상황에서 노동자의 집단적 목소리를 효과적으로 반영하는 방법, 즉 대안적 종업원 대표제employee representation의 모색이 필요하다.

현행법상 종업원 대표에 관한 제도로는 근로기준법상의 근로자대표, 노동조합, 그리고 노사협의회를 상정하고 있다. 이들 제도 간의 규범적 위상과 기능이 불분명하고 뒤섞여 있어서 법 운용상 혼선을 빚고 있다. 기능적인 측면에서 노동조합의 대표성에 관해 의문이 제기되는 등 노사관계의 변화도 일어나고 있다. 복수 노조가 허용된 이후로는 소수 노조 발언권 보장도 중요한 쟁점으로 부상하고 있다.

근로기준법상의 '근로자대표'는 1990년대 후반 이후 새롭게 등장한 개념이다. 근로기준법에 이 개념이 도입되었지만 현재는 근로자퇴직급여 보장법 등 여타 법률에서도 이용되고 있다. 그러나 근로자대표는 법제도적 측면에서 보면 과반수 노조가 존재하지 않는 경우 대표성이 취약하다는 치명적 약점을 안고 있다. 게다가 개념의 모호성으로 인한 해석상 다툼이 많아 법적 안정성이 떨어진다.

노사협의회의 경우, 실효성의 문제가 있다. 근로자참여 및 협력증진에 관한 법률은 상시 근로자 30인 이상 사업장에서 의무적으로 노사협의회를 설치할 것을 강제하고 있다. 그러나 규모가 작고 노조 설립의 가능성이 낮은 사업장에서는 사용자들이 노사협의회 설치를 꺼리거나, 형식적으로 운영하는 실정이다. 노사협의회가 종업원 전체의 이익을 대변해야 함에도 불구하고 정규직 또는 노조 중심으로 운영되어 사업장 내 취약 노동자를 대변하지 못하는 문제도 있다.[62]

노사협의회는 노동조합과는 달리 근로자 측을 대표하는 근로자위원, 사용자 측을 대표하는 사용자위원 양쪽 모두를 포함하여 구성된다. 노사협의회의 근로자위원은 독립성을 보장받지 못하고 있고, 의결 절차상으로도 노동자 측의 의결을 실현시키거나 사용자 측의 일방적 조치를 저지시킬 법적 권한이 없다. 실제 노사협의회는 주체로 상정되기보다는 법으로 요구되는 경영 참여 기능을 수행하기 위한 형식적 성격이 크다.

헌법 제33조의 근로3권을 향유할 수 있는 유일한 단체를 노동조합으로 전제하는 현재의 노동조합 중심적 사고방식에 따르면, 임의적 단체인 노조와는 조직상 구별되는 종업원 대표 제도를 법정화하고 권한을 강화하고자 하는 방안이

위헌 논란을 일으킬 소지가 있을 것이다. 그러나 노조의 조직률 하락으로 인한 대표성 약화, 고용 형태의 다양화로 인한 다원적 채널의 필요성, 취약 노동자의 조직화 미비 등의 현실적 요인을 고려하면 노조 외의 대안을 모색하는 일은 필요하다. 노조 중심주의에 따라 노조를 제외한 다른 종업원 대표는 보충적 지위에 불과하다는 점을 인정하더라도, 노조가 없거나 소수 노조가 존재하는 경우 종업원 전체의 의견을 반영할 수 있는 상시적 메커니즘이 필요하다.

이러한 필요에 대해 노사 동수로 구성되는 협의체를 제안하는 견해도 있으나, 필자는 근로자들로만 구성되는 종업원위원회work council 방식을 제안한다. 독일의 종업원위원회, 사업장위원회와 같이 종업원들만으로 구성되는 단체가 그 예다. 종업원 대표는 종업원 전체를 대표하는 정통성을 가질 수 있어야 한다. 정통성은 민주적 선거를 통해서 구현될 수밖에 없고 이 점은 입법에 충분히 반영되어야 한다. 노사 동수의 회의체 방식인 노사협의회보다 독일식의 종업원 위원회 방식을 제안하는 이유다.

종업원위원회의 권한은 헌법에서 보장하는 노조의 노동3권을 침해하지 않는 범위에서 설계해야 한다. ILO는 다원적인 의사소통 채널을 권장하고 있으면서도, 종업원 대표제가 기존 노조를 약화 또는 대체하거나 새로운 노조의 결성을 방해하지 않아야 한다고 강조한다. 급변하는 노동 현실에서 일터의 목소리를 효과적으로 반영할 수 있도록 대안적 형태의 종업원위원회가 필요하지만, 노동조합의 단체교섭 기능을 위축시키는 것은 안 된다. 향후 종업원위원회가 집단적이며 자발적인 방식으로 근로조건을 형성하는 구체적인 방식을 고민해야 한다.[63]

돌봄이라는 그림자 노동

과거에 비해 나아졌다고는 하지만, 여성은 여전히 일터와 가정 양쪽의 차별에서 자유롭지 못하다. 여성은 크게 세 가지 측면의 불평등에 노출되어 있다. 고용 형태의 불평등, 가정 내 돌봄노동의 불평등, 그리고 돌봄노동을 직업으로 행하는 유급 돌봄노동자들에 대한 불평등이다.

노동시장의 영역에서 여성은 남성에 비해 비정규직과 저임금 등 불안정 노동에 종사하는 비율이 훨씬 높고, 동일노동 동일임금 원칙에 반하는 임금 차별을 겪고 있다. 2018년 통계를 기준으로 성별에 따른 고용 형태를 살펴보면, 전체 취업자 중 남성은 비정규직에 해당하는 비율이 26.3퍼센트로 추산되었으나, 여성은 전체의 41.2퍼센트에 육박했다. 학습지 교사, 골프장 캐디처럼 회사와 사업자로 계약을 맺고 일하는 특수형태근로종사자에 해당하는 비율, 전일제가 아닌 시간제 근로에 종사하는 비율도 여성이 남성보다 높다.[64]

일터의 불평등은 가정의 불평등과 유기적으로 연결되어 있다. 한국 여성은 여전히 전통적으로 기대되는 성 역할로 인해 경력 단절을 겪고 있다. 남성과 여성 모두 취업한 맞벌이 가정에서도 여성은 대체로 경제적 보상 없이 가사노동을 부담한다. 세계적으로 여성은 남성에 비해 가사노동에 하루 평균 1~3시간을 더 할애한다. 아동, 노인 또는 환자가 있는 경우에는 남성보다 적게는 2배에서 많게는 10배까지 시간을 돌봄에 쓴다.[65] 한국은 돌봄노동의 남녀 불균형이 세계적으로도 심각한 편에 속한다. 한국보건사회연구원에 따르면 맞벌이 부부 여성의 주중 가사 시간은 129.5분으로 17.4분에 불과한 남성의 7.4배에 달했다.[66]

돌봄의 불평등한 분배로 여성은 만성적인 '시간 빈곤time-poor'에 시달린다.[67] 가사노동에 시간과 에너지를 소진하는 여성은 남성에 비해 임금을 비롯한 근로조건, 승진, 교육과 훈련 등 일터의 기회에서 불리해지고, 이에 따라 경제적 수입도 남성보다 낮은 수준에 머물게 된다. 이러한 현상을 '돌봄 불이익care penalty'이라는 개념으로 설명하기도 한다.[68] IMF 금융 위기 당시 일차적 생계 부양자는 남성이어야 한다는 고정관념에 기해 여성이 우선적 해고 대상자로 선정되었던 사실이 이를 방증한다. 지금도 여성들은 가정에서의 돌봄노동과 유급 노동을 병행하기 위해 불가피하게 기간제, 단시간 근로 등 비정규직에 종사하고 있다. ILO는 젠더 평등한 사회를 위해서는 무급 돌봄노동을 지금과 같이 주로 여성들이 전담할 것이 아니라 남녀가 동등하게 맡아야 한다고 강조한다.[69]

간병인, 가사노동자, 아이 돌보미 등 생계유지를 위해 돌봄노동을 직업으로 수행하는 여성의 문제도 노동법이 적극적으로 규율하고 해결 방안을 찾아야 한다. 유급 돌봄노동자의 압도적 다수는 여성이다. 2018년 ILO 조사에 따르면, 세계적으로 모든 여성 노동자의 20퍼센트가량이 돌봄노동에 종사하고 있으며, 전체 유급 돌봄노동자의 80퍼센트 이상이 여성이다. 한국은 돌봄노동자의 압도적 다수인 98.4퍼센트가 여성인 것으로 조사되었다.[70] 돌봄노동자에 대한 차별적 처우와 열악한 근로조건은 잠재적으로 모든 여성에게 해당될 수 있는 문제이며, 이 문제를 해결하지 않는다면 결국 여성 노동의 전반적인 지위 향상을 기대할 수 없다.

돌봄노동은 모든 사람들의 건강과 관련되어 있을 뿐만 아니라, 미래의 노동 인구와 노동력을 재생산하기 위해 필수적인 활동이기도 하다. 그런데 유급 돌봄노동자들은 현재 근로기준법을 비롯한 노동 및 사회보장 관계법령에서 명시적으로 적용 배제 대상이다. 돌봄은 공식적인 노동으로 인정받지 못하는 것이다.[71] 현재 가사노동자들은 대개 직업소개소를 통해 돌봄을 필요로 하는 이용자와 연결되며 민법상의 사적 계약으로 규율될 뿐이다. 노동법상 근로계약을 체결하지 않고, 근로 감독의 대상도 아니므로 일하던 중 문제가 발생해도 사실상 법적 보호를 받지 못하는 상태다. 많은 돌봄노동자들이 저임금, 장시간 노동, 휴식의 부족, 사생활 침해, 물리적·성적 폭력 등 인권 침해 상황에 노출되어 있다.

이러한 현실을 해결하기 위한 국제적 노력의 결과로 지

난 2011년 ILO의 가사노동자 협약 및 권고가 채택되었다.[72] 우리나라에서도 가사노동자의 처우에 대한 문제가 지속적으로 제기되어 2017년 가사근로자 고용개선 등에 관한 법률안이 제출돼 입법을 기다리는 상태다.[73] 돌봄노동자를 전면적인 노동법 적용 대상으로 삼기에는 무리가 있다 하더라도, 특별법으로 이들에게 필요한 보호를 도모하자는 취지다. 정부가 제출한 법률안은 가사근로자의 고용 안정과 근로조건 향상을 목표로 제시하고, 돌봄 서비스를 공식화하는 것을 핵심 내용으로 제안하고 있다. 법안은 일정 요건을 모두 충족해 고용노동부의 인증을 받은 기관이 가사근로자와는 근로계약을, 이용자와는 이용 계약을 체결해 가사근로자의 근로조건과 이용자 입장의 서비스 품질 모두를 보장하는 방식을 제안한다. 근로계약을 체결한 가사근로자는 임금, 근로시간, 휴식 등에 있어 노동관계법령의 관련 조항을 적용받을 수 있게 된다. 비록 완전한 직접 고용은 아니지만, 과거에 비해서는 가사노동자의 처우를 상당 부분 개선할 수 있는 진일보한 대응으로 평가받고 있다.[74]

고령화되는 인구학적 변동 속에서 돌봄노동은 다른 어떤 직종들보다도 더욱 많은 수요가 꾸준히 예상되는 노동이다. 따라서 여성 돌봄노동자의 불평등한 현실을 개선하는 것은 중요한 과제다. 이들의 불리한 현실은 노동시장에서의 젠더 불평등을 고착화할 뿐 아니라, 돌봄의 수요자에게도 부정적인 영향을 미칠 수밖에 없다. ILO가 돌봄노동과 관련된 문제들을 개선하고 해결하는 것은 우리 모두의 노동의 미래에 있어 핵심적 과제라고 선언하는 이유다.

여성의 노동이 여러 측면에서 여전히 어려움을 겪고 있는 것은 뿌리 깊은 사회·경제적 불평등 구조와 남성 중심적 문화에서 복합적으로 기인하는 문제다. 여기에서 노동법이 마주하는 근본적인 도전은 무엇일까? 약자의 어려움에서 출발한 노동법은 젠더 문제에 있어서도 더욱 근본적이고 변혁적인 성찰을 해야 한다. 기존의 노동법이 설계된 가부장적, 남성 중심적 전제에 대해 창조적으로 의문을 던지고, 노동법의 목적과 규율 대상에 그동안 여성에게 불평등하게 전담되어 온 돌봄노동을 포섭하여 노동법이 보다 정의로운 역할을 수행하는 방안을 모색하는 것이 필요하다.

노동법과 사회보장법의 근간은 20세기 초에 주로 형성되었다. 서구 사회에서는 2차 세계 대전 이후 1950년대부터 본격적인 경제 호황기를 맞으며 완전 고용이 가능할 것이라는 기대가 노동 관련 법률과 정책의 주된 기조를 이뤘다. 남성 생계 부양자male breadwinner의 노동시장 진입과 배우자인 여성이 가사와 육아 등의 돌봄노동을 전담하는 성별 분업을 전제로 한 것이다. 남성 노동자들의 완전 고용이 달성되어 모든 남성이 임금을 받으면 자연스레 여성 배우자를 비롯한 가족 구성원의 생계가 해결될 것으로 여기는 표준고용관계standard employment relationship가 성립되었고, 오늘날 우리가 알고 있는 1일 8시간을 기준으로 하는 전일제 근로가 정착되었다.[75] 이러한 노동 제도가 표준인 사회에서는 임금노동자가 가정에서 돌봄노동을 충분히 수행할 수 있는 시간이 거의 주어지지 않는다.[76]

현존하는 노동법의 법적 인간상은 집에 가서 돌봄노동의 의무를 행하지 않는 남성 노동자를 중심으로 하고 있다. 그런데 인간의 노동력은 다른 재화와 달리 무한정 소모할 수 없으므로 반드시 재생산의 과정이 뒷받침되어야 한다. 노동시장에서 임금노동이 원활히 기능하려면 돌봄노동도 함께 이루어져야 하는 것이다. 여성이 가정에서 돌봄노동을 수행하는 것은 노동력의 재생산을 통해 시장 경제 활동에도 기여한다. 그럼에도 불구하고 기존의 노동법은 돌봄노동을 여전히 비공식 경제의 영역으로 방치하고, 돌봄노동에 대해 경제적으로나 사회적으로나 정당한 가치를 부여하지 않아 왔다. 돌봄노동은 가시화되지 않는 '그림자 노동shadow work'으로 평가절하되어 왔고,[77] 이러한 현상은 돌봄노동을 수행하는 여성 전반에 대한 불평등의 중요한 원인이다.

지금까지 노동의 젠더 불평등에 대한 법적 대응은 주로 '여성의 남성화' 방식에 치중하여 이루어져 왔다. 남녀고용평등법은 제1조에서 법의 목적으로 "…고용에서 남녀의 평등한 기회와 대우를 보장하고 모성 보호와 여성 고용을 촉진"하는 것이라고 선언하며 노동시장 영역에서 여성의 취업률을 높이는 방식을 주로 추진하고 있다.[78] 그러나 여성의 고용률이 높아지면, 돌봄을 남녀가 공평하게 분배하기보다는 비용을 지불하고 필요한 서비스를 구매하는 돌봄의 '상품화 commodification' 현상이 심화된다. 임금노동과 돌봄노동은 분리된 것이 아니라 재생산을 매개로 상호 연결되어 있기 때문에, 가정에서의 돌봄노동을 정면으로 다루지 않은 채 노동시장의 고용 불평등만을 시정하려 하는 것은 젠더 불평등 문제의 근본적인 처방이 될 수 없다.

여성의 취업률이 높아질수록 돌봄노동은 경제적으로 취약한 저숙련 여성들이 전담하게 될 뿐이다. 선진국 여성들의 취업률이 높아지면서 개발 도상국 출신의 이주 여성 노동자들이 가사와 육아의 빈자리를 채우는 현상은 이미 오래된 일이다. 노동의 남녀 불평등은 물론이지만 여성의 노동 안에서도 임금노동을 전담하는 고소득 여성과 돌봄노동을 전담하는 저소득 여성 간의 분절화 구조가 고착화되고 있다.[79]

돌봄은 그 성격상 시장에 전적으로 맡길 수 있는 것이 아니다. 돌봄의 상품화보다는, 돌봄의 보편화 내지 사회화를 지향하는 것이 보다 효과적이면서도 올바른 방향이다.[80] 그렇다면 임금노동 및 돌봄노동의 수행에 있어 '여성의 남성화'뿐 아니라 '남성의 여성화'가 가능해지는 것, 돌봄의 역할을 남녀 모두가 함께 수행하는 것을 전제로 노동법이 설계되어야 한다. 남성 육아휴직 사용률을 높이고, 선택적 시간 근무제를 적극 활용하며, 최근 많이 논의되는 기본소득의 도입 등 제도적 방법들을 실험할 필요가 있다.

기존의 노동법은 임금노동권만을 주로 보장하고 있으나 변화된 시대의 노동법은 돌봄노동권을 동시에 보장하는 방식으로 재정립되어야 한다. 가사, 양육, 간병 등 돌봄노동은 힘들고 번거로운 의무인 것처럼 인식되지만, 한편으로 자기 자신과 친밀한 사람들을 돌볼 기회와 시간이 주어지는 것은 삶의 본질적인 기쁨이자 누구나 생애 주기 속에서 원하는 때에 누릴 수 있어야 할 권리이기도 하다. 일터에서의 임금노동을 벗어나 가정에서 자신과 타인을 돌보는 활동을 하는 것이 하나의 권리로 인식될 필요가 있으며, 노동법이 보다 정의롭고 인간다운 삶을 보장하기 위해서는 이 점이 반드시 고려되어야 할 것이다.

국민과 시민 사이, 우리 안의 이방인

두 사람을 생각해 보자. 동남아시아 국가 출생의 A씨는 1990년대 산업 연수생으로 한국에 입국해, 비자가 만료된 지는 오래지만 20년째 체류자격이 없는 미등록 상태로 거주하며 공장에서 근무하고 있다.[81] 그는 완벽에 가까운 한국어를 구사한다. 10대 때 떠나온 본국은 이제 기억에서 잊혀 간다. 돌아갈 계획은 없으며 한국을 제2의 고향으로 생각한다. 한편, 한국인 부모에게서 태어난 B씨는 출생 직후 부모와 함께 미국으로 이주하여 올해 만 18세가 되었다. 가정에서도, 학교에서도 영어로만 교육받았으며 미국에 정착한 이래 아직 서울을 방문해 본 적이 없다. 주변에서 간혹 한국어를 여전히 능숙하게 구사하는 교포들을 만날 때 낯선 소외감을 느낀다.

두 사람 가운데 누가 한국 국민인가? 국적법상의 국적을 기준으로 답하면 A는 외국인, B는 한국인이다. 그러나 누가 한국 시민인가를 묻는다면 답은 간단하지 않다. 시민권citizenship은 법률상의 개념은 아니다. 우리말로는 시민권으로 번역되어 시민의 권리라는 뜻을 갖지만, 우리 헌법상의 기본권 또는 실정법에 규정된 법률상의 권리는 아니다. 권리라는 뜻을 가지고 있지만 법적 권리는 아닌 권리, 그러나 시민이라면 누구나 가져야 할 권리, 그것이 시민권이다.

우리 법은 국민과 외국인을 구분할 뿐, 시민 개념은 다루지 않고 있다. 헌법은 국민에게 기본권을 보장하며 법률로 이를 구체화한다. 한편 외국인에 대해서는 국제법과 조약에 따라 그 법적 지위를 결정하며, 헌법재판소는 외국인에게 기본권 주체성을 원칙적으로 인정하기는 하지만 이를 국민의 권리와 인간의 권리로 나누어 외국인에게는 국민의 권리에 해당하는 것까지 보장할 수는 없다고 한다.[82] 문제는 이 땅에 거주하는 외국인, 특히 노동을 통해 생활을 영위하는 이주노동자들이 겪는 어려움과 부정의를 해소하기 위해서는 최소한도의 인권뿐 아니라 사회적 기본권의 보장이 필요하다는 사실이다.

이주노동자는 외국인이지만 대한민국에 거주하며 생활 및 노동을 하는 사람이다. 국민과 동일한 공간에서 삶의 터전을 꾸려 가는 이 사회의 구성원이다. 그렇다면 이들이 생활 공동체의 현실적 구성원임에도 불구하고 외국인이라는 이유만으로 사회권 보장에서 배제되거나 제한받는 것이 과연 정당한지 의문이 들며, 더 나아가 국민과 외국인의 간극을 극복하기 위해 '시민'이라는 개념틀로 이들을 생각해 볼 수 있다.

외국인의 권리 보장에 대한 부정적 인식은 대체로 두 가지 주장을 전제로 한다. 하나는 억울하면 국적을 취득하면 된다는 주장이고, 다른 하나는 본국으로 돌아가면 된다는 주장이다. 양쪽 모두 현실적으로나 규범적으로나 타당치 않다. 외국인이 국적을 취득하는 요건은 우리 법에서 상당히 까다롭게 규정되어 있다. 특히 고용허가제를 통해 입국한 외국인 근로자는 귀화가 사실상 불가능하다. 본국으로 돌아가라는 주장도 마찬가지다. 국가 간 빈부 격차가 심화되는 글로벌 불평등 경제에서 모국에서는 인간다운 생활을 영위하기 어려운 이주노동자의 현실을 무시한 주장이기 때문이다. 많은 경우 이주는 진정한 의미에서 자발적인 선택이 아니다. 본국에서의 다양한 정치적, 문화적, 경제적 어려움 때문에 불가피하게 떠나와야 했다는 점에서 이주는 '다양한 형태의 폭력의 결과'라고 표현되기도 한다.[83]

국적에 기반해 정당화되는 외국인에 대한 배타적인 흑백 논리를 극복하기 위해서 시민권 개념으로 이주노동의 문제를 살펴볼 필요가 있다. 역사적으로 시민권의 발전 과정을 돌이켜 보면, 고대 그리스는 노예와 자유인으로 계급이 철저히 나뉘어 있었고 시민은 자유인으로서의 특권을 가진 자였다. 아리스토텔레스는《정치학》에서 시민을 "법을 집행하고 관직을 갖는 데 참여하는 자"라고 규정한다.[84] 로마 제국의 경우, 초기에는 로마에서 태어난 자유인에게만 시민권을 부여했으나 제국의 세력과 영토가 확장되면서 2세기경에는 로마 제국 내 모든 주민에게 시민권이 확대되었다. 로마 시민권자에게는 투표권, 적법 절차due process를 향유할 권리, 형사처벌 시 극형을 받지 않을 권리 등이 보장되는 한편, 납세와 병역 등 의무가 주어졌다. 로마 출생이 아닌 외국인은 드물기는 하지만 일정 기간 이상의 군 복무를 마친 경우, 로마 제국에 특정한 공로를 세우거나 경제적 기여를 하는 등 특정 요건을 갖

추면 시민권을 취득한 사례가 있었다.[85]

근대적 시민에 보다 근접한 개념은 세계 최초로 주권이 왕이 아닌 국민(시민)에게 있음을 선언한 1789년 프랑스 혁명기의 '인간과 시민의 권리선언Déclaration des droits de l'homme et du citoyen'에서 발견된다. 이 선언의 내용은 근대적 인권 개념, 시민 개념의 시초로 평가된다. 인간과 시민이라는 단어를 구분하여 사용하고, 특히 정치 또는 납세 등 공동체 참여와 관련된 조항들에서 시민이라는 용어를 사용했다.

20세기에 들어 인류는 세계 대전의 잔혹함을 경험한 뒤, 1948년 UN 세계인권선언을 통해 "모든 인간은 태어날 때부터 평등하다"고 천명하고,[86] 민주주의와 사회주의 양 진영의 입장을 반영해 정치권과 사회권 모두를 포함한 권리 장전을 작성하기에 이른다. 세계인권선언은 국적, 성별, 인종 등과 무관하게 모든 인간이 평등함을 선언했다는 점에서 현대 인권 규범의 초석을 놓았다. 20세기 중반 이후로는 여성, 소수 인종, 장애인 등 근대 이전에는 권리의 주체로 인정받지 못했던 계층에게로 권리의 양과 질을 확장시키기 위한 민권 운동 및 평등 운동이 시민권 개념을 형성해 왔다. 교통과 통신의 발전으로 인한 비약적인 지구화 진행과 함께 이주가 급증한 20세기 후반부터는 이민자들, 특히 경제 활동을 수행하는 이주노동자의 권리가 시민권에서의 중요한 쟁점으로 떠오르게 된다.[87]

이주노동이 전 세계적으로 핵심 문제가 된 21세기 현재, 시민권은 다른 각도에서 중요하다. 타향에서 삶의 터전을 꾸리고 있는 이들은 어디에서 시민권을 갖는가? 출신국인가, 아니면 거주국인가? 시민권은 국적과 일치하는가? 모국이 아닌 나라에서 이들의 권리가 제한받는 것은 정당한가? 시민권의 내용뿐 아니라 위치에 대한 질문이 제기되기 시작한다. 장소가 한 인간의 권리의 틀을 좌우할 수도 있는 시대가 온 것이다.

　시민권과 이주노동의 관계를 연구해 온 법학자 린다 보스니악Linda Bosniak은 시민권을 이해하는 방식을 세 가지로 구분한다. 법적 지위로서의 시민권, 평등으로서의 시민권, 그리고 민주적 참여로서의 시민권이 그것이다.[88] 먼저 지위legal status로서의 시민권은 국적과 시민권을 유사하거나 동일하게 보는 입장이다. 시민권을 다른 권리들의 보장을 위한 일종의 전제 또는 자격으로 본다. 평등equality으로서의 시민권은 평등할 권리로서 시민권을 이해하는 방식이다. 시민권이 있어야 타인과 평등할 수 있으며 시민권이 없으면 불평등한 상태에 놓인다는 의미다. 참여democratic engagement로서의 시민권은 자신이 속한 공동체의 의사결정에 참여할 정치적 권리로서의 성격을 강조하는 이해 방식이다.

　보스니악은 이주노동에 있어 법적 지위로서의 시민권, 또는 평등으로서의 시민권 중 어느 쪽을 취하는지에 따라 외국인에 대한 태도가 완전히 달라질 수 있음을 지적한다. 시민권을 법적 지위로 이해할 경우에는 그 지위의 유무에 따라 국민과 외국인, 혹은 시민과 비시민noncitizen 사이에 어떤 구분을 두는 것에 대해 특별히 문제의식을 느끼지 못하게 된다. 국민에게 시민권이라는 지위가 있는 것처럼 여기고, 외국인에게는 그런 지위가 없음이 당연하다고 여기게 되는 것이다.

문제는 이주노동자의 현실이 사실상 '2등 시민'이라는 데에 있다. 시민권을 지위로 이해하는 한 결국 사회 내에서 2등 시민 혹은 배제당하는 약자의 존재를 묵인하는 논리로 귀결된다. 반면 구성원의 평등할 권리로서의 시민권을 통해 외국인을 바라보면, 외국인이 암묵적인 2등 시민으로 고착화되는 현상은 정의롭지 못하다는 문제의식을 가질 수 있다.

그렇다면 우리나라에서 일하고 생활하는 이주노동자는 과연 공동체의 한 구성원으로 인정받고 있는 것일까. 외국인에 대한 노동법의 규율은 한국의 경제 발전과 밀접한 연관이 있다. 우리나라의 급속한 경제 성장이 대외적으로 알려지기 시작한 1980년대 후반부터 한국에서 취업하고자 하는 개발도상국 출신 외국인들의 유입과 내국인 인건비 상승으로 인해 저임금 노동력을 원하던 사용자의 이해관계가 맞물려 주로 3D 업종을 중심으로 이주노동자가 취업하게 된다. 1980년대 후반부터는 외국인의 임의적 취업을 허용했다가, 1991

년부터는 산업연수생 제도를 활용했고, 2003년 이후에는 외국인근로자의 고용 등에 관한 법률을 제정하여 고용허가제를 통해 외국인의 노동을 규율하고 있다.

　1990년대부터 외국인의 노동과 관련된 법적 분쟁이 판결에 등장했다. 대법원은 건설 현장에서 부상을 당한 불법체류 외국인이 과연 노동법상 근로자로 인정되어 산업재해 보상을 받을 수 있는지 다투는 사안에 대해, 비록 출입국관리법을 위반한 불법체류 외국인이라 할지라도 실제로 노무를 제공했다면 법적인 근로자로 보아야 한다는 최초의 판결을 내렸다. 체류 상태에 문제가 있다 하여 근로계약까지 당연히 무효라고 할 수 없다고 보고, 일하던 중 발생한 산업재해에 대해 보상받을 정당할 권리를 인정한 것이다.[89]

　2000년대 중반 이후에는 두 번의 중요한 헌법재판소 결정이 있었다. 먼저 2007년 헌법재판소 결정은 기존의 산업연수생 제도에서 외국인의 근로자성을 인정하지 않고 기술 연수생으로 보았던 것이 헌법 제11조에 근거한 외국인의 평등권을 침해한다고 했다. 국민이 아닌 외국인이라 할지라도 건강한 작업 환경, 일에 대한 정당한 보수, 합리적인 근로조건의 보장 등을 요구할 수 있는 권리가 있으며, 이들의 기본권 주체성을 부인하고 근로기준법의 일부 조항의 적용을 배제하는 것은 자의적인 차별이라고 결정했다.[90]

그러나 2011년에는 사업장 이동을 3회 이내로 제한하는 외국인고용법 제25조 제4항이 외국인의 근로권, 직업선택의 자유, 행복 추구권 등을 침해한다는 헌법 소원이 기각됐다.[91] 다수의견은 이 조항이 외국인 근로자의 "무분별한 사업장 이동을 제한함으로써 내국인 근로자의 고용 기회를 보호"하고, 외국인 근로자에 대한 효율적인 고용 관리로 "중소기업의 인력 수급을 원활히 하여 국민 경제의 균형 있는 발전"을 도모하는 정당한 제한이라고 보았다.[92]

헌법재판소는 외국인의 사업장 이동 제한을 정당화하기 위해 내국인 일자리 보호를 위한 것이라는 명분을 들었다. 그러나 외국인의 이직 기회를 제한한다고 해서 실제로 내국인 일자리가 보호되는지에 대한 인과 관계는 증명된 바 없다. 외국인은 아직 주로 농어업, 영세 사업장에서의 제조업 등 내국인이 기피하는 곳에서 일자리를 구하게 되는 경우가 많다. 또한 외국인을 고용하는 사용자들은 내국인과 외국인의 직종 및 직무가 사실상 분리된다고 지적한다. 서로 일자리를 두고 경쟁하기보다는 업무 분야와 내용이 자연스레 구분된다는 것이다. 또한 외국인은 일을 하는 노동자일 뿐 아니라 지역 경제에서 소비자 역할도 하기 때문에 외국인의 고용이 장기적으로는 내수 진작 및 고용 창출 효과를 낸다는 연구 결과가 있다.[93] 우리 고용허가제가 여전히 제한하고 있는 사업장 이동에 대해 UN 이주노동자 권리 협약은 취업 후 적어도 2년 이상이 경과하면 직장 선택의 자유를 인정하도록 권고하고 있다.[94]

최근에는 이주노동자도 합법적으로 노동조합을 결성할 수 있는지에 대한 문제가 제기되었다. 2015년에는 이주노동자의 단결권을 인정한 대법원 전원합의체 판결이 내려져서 사회적으로 많은 주목을 받았다. 대법원은 이 판결에서 미등록 이주노동자가 포함된 노동조합의 합법성을 인정해 이주노조가 최초 설립된 지 10년 만에 논쟁의 종지부를 찍었다.[95] 2005년 서울과 경기 지역 외국인들이 노조를 결성한 뒤 노동청에 설립신고서를 제출했는데, 당시 서울지방노동청은 이 노조에 가입 자격이 없는 불법체류 외국인이 포함되어 있다며 설립 허가를 내어 주지 않았다.

1심[96]에서는 불법체류 외국인은 출입국관리법상 취업이 엄격히 금지되어 있으므로 이들이 근로조건의 유지, 개선과 지위 향상을 도모할 법률상 지위에 있지 않아 노조법상의 근로자가 아니라고 보았다. 그러나 2심[97] 및 대법원에서는 불법체류 외국인이라 하더라도 우리나라에서 현실적으로 근로를 제공하면서 임금, 급료 기타 이에 준하는 수입에 의하여 생활하는 이상 노동조합을 설립할 수 있는 근로자에 해당한다고 판결했다. 대법원은 출입국관리법이 취업 자격 없는 외국인의 고용이라는 행위 자체를 금지할 뿐, 외국인이 실제로 제공한 근로에 따른 권리 및 이미 형성된 근로관계에서의 노동법적 권리까지 금지하는 것은 아니라고 해석했다.

그런데 이 판결은 불법체류 외국인의 근로자성을 인정하기는 했지만, 여전히 이주노동자의 단결권을 제약할 여지를 남겨 놓았다. 만일 외국인 근로자들이 조직하려는 단체가 '주로 정치 운동을 목적으로 하는 경우'에는 적법한 노조가 아닐 수 있다고 강조한 것이다. 이주노조는 대법원 판결 선고 직후 재차 설립신고를 했지만, 노동청은 이주노조가 고용허가제 개선 및 폐지 주장을 하는 것이 정치 운동을 목적으로 하는 것이라며 또다시 설립신고를 반려했다. 결국 이주노조는 규약 내용을 "이주노동자 인권 개선 등"으로 수정한 뒤 비로소 신고필증을 받게 되었다. 근로조건과 직결된 고용허가제 폐지를 규약에 포함했을 때는 합법적 노조로 인정받지 못하고, 이 내용을 삭제한 후에야 설립신고가 처리되었다는 점은 노동 행정의 후진성을 보여 주는 일례다.[98]

이주노조가 고용허가제 폐지 또는 체류자격 합법화를 요구하는 이유는 제도가 설계된 방식이 이들의 근로조건과 직결되기 때문이다. 고용허가제의 사업장 이동 제한을 비롯한 여러 제도적 한계로 인해 이주노동자는 열악한 근로조건을 억지로 감수할 수밖에 없다. 이러한 현실을 개선하려는 노동조합 활동은 근로조건과 관련된 것이므로, 이를 정치 운동으로 단정하여 단결권을 제약하는 것은 부당하다.

이주노동자는 임금을 목적으로 노무를 제공하는 노동자이기도 하지만 동시에 재화를 소비하는 소비자이기도 하며, 문화를 전달하고 생활 공동체에서 함께하는 현실적 의미의 시민이기도 하다.[99] 저출생, 고령화 경향이 심화될수록 더 많은 외국인이 한국 노동시장에 참여할 것이다. 가장 취약한 계층의 노동권 보장 수준은 전체 노동자의 노동권 보장을 보여 주는 지표이기도 하다. 장기적으로 외국인의 노동법적 권리를 내국인과의 차별 없이 보장하며, 이들의 법적 지위에 안정성을 도모하는 정책이 필요하다.

4차 산업혁명과 디지털 노동

"우리는 지금 노동의 본질이 장대한 변화를 겪는 중심에 서
있다. (…중략…) 공유 사회를 토대로 부상하는 사회적 경제
는 더 많은 젊은이들에게 보다 큰 가능성의 기회를 제공하고
자본주의 시장의 전통적 고용에서 볼 수 없었던 강렬한 정신
적 보상을 약속한다."[100]

제러미 리프킨Jeremy Rifkin은 2014년 발간한 저서《한계비
용 제로 사회zero marginal cost society》에서 디지털 기술 혁신으로 인
해 플랫폼을 기반으로 한 '공유경제sharing economy'가 활성화되
고, 이로 인해 재화의 생산 및 유통에 필요한 한계비용이 거의
무료에 수렴하는 한계비용 제로 사회가 등장할 뿐 아니라, 앞
으로는 현재의 시장 경제에 기반한 자본주의가 점차 쇠퇴하
고 '협력적 공유 사회'가 도래할 것이라고 전망했다. 과거 제
조업 중심 산업 구조에서 생산 수단과 근로자가 분리되어 있
던 것과는 대조적으로, 이제는 일반인이라도 누구든지 소비
자일 뿐 아니라 동시에 생산자인 프로슈머prosumer가 될 수 있
으며 다양한 플랫폼과 애플리케이션을 통해 이를 공유할 수
있기 때문이다. 그는 기술 진보가 자본주의의 모순을 시정하
는 좋은 계기가 될 것으로 전망했다.

최근 4차 산업혁명이 모든 분야에서 뜨거운 화제다. 4차 산업혁명이라는 용어는 세계경제포럼WEF의 창립자인 클라우스 슈밥Klaus Schwab이 독일의 인더스트리 4.0Industrie 4.0에 착안하여 사용한 것으로, 2016년 세계경제포럼을 계기로 널리 확산되기 시작했다. 슈밥은 그의 저서에서 4차 산업혁명은 그 규모, 범위, 복잡성 면에서 "과거 인류가 경험했던 그 무엇과도 다르다"고 단언했다.[101]

현재의 변화를 4차 산업혁명으로 명명하는 것은 다소 과장되었다는 회의론도 존재한다. 엄밀한 의미에서 4차 산업혁명은 아직 그 개념이 정립되었다거나 학술적으로 검증되었다고 보기에는 무리가 있다. 다만 사물 인터넷IoT, 빅데이터Big data, 인공지능AI, 3D 프린터, 로봇 등 구체적인 기술이 디지털 전환digital transformation 또는 디지털 기술 혁신으로 불리는 변화를 일으키고 있는 것은 명백하다.

디지털 전환은 노동법에서 초미의 관심사로 떠오르고 있다. 새로이 상용화되는 기술이 시장 및 노동에 빠르게 침투하며 변화를 일으키고 있고, 일하는 방식에서 전에는 예상할 수 없었던 문제들이 나타나기 시작했다. 플랫폼과 앱에 기반한 공유경제의 출현이 최근 많은 이들의 노동 환경에 변화를 일으키고 있음은 부정하기 어려운 사실이다. 그리고 이러한 변화는 필연적으로 법적, 제도적 대응을 요구한다.

공유경제는 숙박 공간 등 재화가 공유되는 형태와 운전 등 서비스가 공유되는 형태의 두 가지로 크게 나눌 수 있다. 노동법의 관심사는 후자에 가깝다. 단순히 재화만을 공유하는 경우에는 노동법상 쟁점이 발생할 여지가 크지 않지만, 서비스가 공유되는 경우에는 어떠한 형태로든 사람이 직접 수행하는 작업이 필요하다. 이러한 서비스를 노동법이 상정하는 근로로 볼 것인지, 만일 그렇다면 이를 수행하는 자는 실정법에서의 근로자에 해당하는지, 어느 범위까지 노동법의 적용을 받을 수 있는지, 사용자 책임의 주체는 누구인지 등이 문제가 될 수 있다.

원래 공유경제는 문자 그대로 있는 것을 나누어 쓴다는 의미로 1970년대부터 언급되어 왔다. 미국에서 그러한 의미로 처음 사용된 용어는 '협력적 소비collaborative consumption'였다.[102] 쓰지 않는 재화를 버리기보다 서로 공유해 지속 가능한 성장을 지향한다는 맥락에서 사용된 용어였다.[103] 법학 분야에서는 2008년 하버드 로스쿨의 로런스 레식Lawrence Lessig 교수가 sharing economy라는 용어를 최초로 사용했는데, 위키피디아wikipedia 등 웹 콘텐츠가 배타적 지식재산권에서 벗어난 현상을 연구하며 이윤 추구를 목표로 하는 상업적 경제와 대비되는 맥락에서 공유경제라는 용어를 제안했다.[104]

그런데 현재의 공유경제는 순수한 공유가 아닌 수익을

위한 비즈니스 모델이다. 상시화된 글로벌 경제 위기로 인해 많은 사람들이 유휴 자산, 즉 쓰지 않는 물건이나 본인의 시간과 노동력을 활용해 수익 활동을 시작했다. 온라인 플랫폼은 이러한 활동을 촉진하는 기반이 됐다. 재화의 공유, 디지털 기술, 이윤 추구의 3요소를 모두 갖춘 앱 기반 경제 활동은 이제 보편화되었다.[105] 스마트폰 앱, 온라인 SNS, GPS 위치 추적, 카드 결제 시스템 등을 적극 활용하는 새로운 형태의 플랫폼 노동인 온디맨드on-demand 경제, 크라우드워크crowdwork 등이 등장하고 있다.

지금의 노동 현실을 들여다보면, 리프킨의 예언처럼 자본주의의 모순이 사라진다는 장밋빛 전망보다는 최첨단 기술에도 불구하고 노동하는 사람들의 인격이 여전히 위험에 처해 있는 것은 아닌지 우려된다. 재독 철학자 한병철은《피로사회》에서 "21세기의 사회는 규율사회에서 성과사회로 변모했다"고 분석하면서 "과다한 노동과 성과는 자기 착취로까지 치닫는다. 자기 착취는 자유롭다는 느낌을 동반하기 때문에 타자의 착취보다 더 효율적이다"[106]라고 지적했다. 그의 성찰을 바탕으로 부연하면, 디지털 플랫폼을 통해 소득을 얻고자 하는 사람은 새로운 기술을 활용하여 수익 활동을 한다는 측면에서는 '자기 자신을 경영하는 1인 기업가'라고 할 수 있지만, 성과를 내기 위해 끊임없이 앱의 신호에 반응하고 타인의 요청에 자신을 노출시켜야 한다는 점에서는 과다한 노동에 시달리는 '자기 착취 노동자'일 수도 있다.

미국에서 최초로 디지털 노동의 법적 분쟁을 촉발한 계기이자 여전히 대표적인 사례로 언급되는 차량 공유 앱 우버 Uber의 경우를 살펴보자. 우버는 2018년 매출 113억 달러를 기록했고, 기업 가치는 1200억 달러로 추정되며, 미국의 호출형 교통수단에서 이미 70퍼센트의 비중을 차지하고 있다. 그런데 우버 운전자의 운전 시간 대비 소득을 산정해 보면 평균적으로 시급 8달러 중반에 불과해 미국 대부분의 주 정부 최저임금보다 낮은 액수다. 운전자들의 인적 구성에 대해서는 아직 정확한 통계가 존재하지는 않지만 미국의 경우 백인보다는 유색 인종이 많고, 고소득층보다는 저소득층이 많은 것으로 파악된다.[107]

우버는 운전기사들을 '파트너'로 지칭하고, 노동법상의 근로자로는 인정하지 않겠다는 입장이다. 그러한 주장의 핵심 논거는 운전자들의 근로시간이 자율적이라는 점인데, 실제 운전자들의 근로시간을 살펴보면 절반 이상이 주 1~15시간가량 운전하지만, 30퍼센트가 16~34시간, 9퍼센트가 전일제 근로에 해당하는 35~49시간을 운전하며, 주 50시간 이상 운전하는 경우도 4퍼센트 있었다.[108] 우버 운전자들은 예상보다 장시간 근로하고 있을 뿐 아니라 다양한 방식의 통제도 받는다. 앱 사용률이 저조하거나 고객 평점이 낮으면 계정 차단 등 불이익을 받고, 차량 관리와 고객을 대하는 매너 등 반드시 준수해야 하는 구체적인 행동 수칙도 있다. 우버 운전자는 결코 자유롭게만 일하는 것이 아니다.

우버 운전자들은 비슷한 차량 공유 서비스인 리프트Lyft 운전자들과 함께 미국 캘리포니아주 법원에 근로자성을 인정해 달라는 취지의 집단소송을 제기하기에 이른다. 이러한 분쟁에 대한 2015년 캘리포니아주 법원의 판결 내용은 디지털 노동이 노동법적 문제로 부상하는 계기를 제공했다. 이 판결은 사회적으로 널리 주목받았다. 이후 학계에서도 디지털 노동에 대한 법적 논쟁과 분석이 활발하게 이루어지기 시작했다.

원고인 우버 및 리프트 운전자들은 본인들이 노동법상 근로자에 해당한다며 운전 업무에 대한 최저임금, 초과근로 수당, 차량 유지비, 사회보호 등을 제공받아야 한다고 주장했다. 우버와 리프트는 이들이 앱을 내려받아서 사용하는 일종의 자영업자인 독립 계약자independent contractor이며, 일반 근로자들처럼 기업의 감독하에서 일하는 것은 아니라고 반박했다. 자신들은 중개인 또는 플랫폼 개발자일 뿐이라며 법적 책임을 부인했다.

캘리포니아 법원 판결[109]의 주요 내용은 다음과 같았다. 첫째, 근로자인지 여부는 사용자가 행사하는 지배권right to control의 존재 여부에 따라 가려지는데, 여기에서 지배는 기업이 업무의 세부 사항까지 모두 관여해야만 성립되는 것이 아니다. "앱을 통하여 수행하는 업무의 본질상 일정한 정도의 자유가 보장된다 하더라도 여전히 지배를 받는 근로자"가 될 수 있다고 보았다. 둘째, 우버가 기술 개발자에 불과하다는 주장을 배척했다. 우버라는 기업의 생존은 앱을 이용하는 운전자들에게 전적으로 의존하고 있으며, 우버가 수익을 올리기 위해 운전자들의 노동을 활용하고 있으므로 운전자들에 대해 일정한 책임을 진다고 했다. 법원은 우버와 리프트 운전자들이 근로자인지 여부는 사실 관계를 좀더 정확히 심리해야 한다고 판결하고, 적어도 이들을 자영업자로 단정해서는 안 된다고 했다. 사안은 결국 우버와 리프트 측에서 원고들에게 합의금을 제시하여 2016년 당사자들 간 합의로 종결되었다.

미국에서는 우버와 같은 차량공유 서비스 외에도, 다른 영역의 플랫폼 노동에서 법적 분쟁이 발생하고 있다. 청소 서비스를 중개하는 앱인 홈조이Homejoy와 핸디북Handybook, 세탁물 배달 서비스인 워시오Washio, 식료품 장보기 대행 서비스를 표방하는 인스타카트Instacart 등에서 최저임금, 근로시간 등 노동법 적용 여부에 대한 분쟁이 벌어졌다.[110] 가정 관리, 청소, 세탁, 식료품 구매 등 가사노동 분야에서 플랫폼 노동이 활성화되고 있다는 점은 주목을 요한다.

기존 제조업 산업 구조 시대에는 남성 생계 부양자-여성 전업주부의 성 역할 노동 분담이 우세했으나, 지금은 노동시장에서 여성의 소득 활동 참여가 보편화되면서 '돌봄의 시장화' 현상이 증가하고 있다.[111] 디지털 플랫폼을 통해 요청되는 서비스의 상당 부분이 가사노동 관련 분야라는 것은 이러한 변화가 반영된 결과로 볼 수 있다. 가사노동의 상품화 commodification가 보편적 추세라면 그러한 수요를 반영한 공유경제 기업의 숫자 및 규모는 지속적으로 성장할 것이라는 예상이 가능하다. 관련 서비스를 제공하는 사람들의 노동법적 지위도 더욱 빈번히 그리고 비중 있게 다뤄질 것으로 전망된다.[112]

우리나라에서는 스마트폰 앱을 통한 음식 배달 서비스에서 법적 분쟁이 시작되었다. 배달 대행 앱인 '스피드배달'을 통해 식당의 음식 배달 업무를 수행하던 고등학생이 교통사고를 당해 크게 부상당한 사안이었다. 피해자는 일하던 중 부상당한 것이므로 산업재해 보상을 청구했고, 근로복지공단은 앱 개발자에게 일부 책임이 있다고 보아 보험료를 징수했다. 스피드배달은 이에 반발하여 보험료 부과 처분을 취소해달라는 소송을 제기했고, 원심[113]에서는 배달 대행을 하던 피해자가 산업재해 보상 대상인 근로자는 아니라고 판단하며 배달 대행업체의 손을 들어주었다. 앱을 통해 배달 요청을 수락 또는 거부할 수 있다는 점, 앱에 GPS 기능이 없어 위치를 추적할 수 없었다는 점, 출퇴근 시간을 업체에서 지정하지 않았다는 점, 고정적인 급여를 지급받지 않고 배달 실적에 의해서만 수익이 산정된다는 점, 근로계약서 미작성과 4대 보험 미가입, 오토바이를 업체로부터 대여했지만 유류비 등은 배달원이 부담했다는 점 등을 들어 근로자성 판단 기준의 핵심인 사용종속관계가 없다고 보았다.

그러나 대법원은 2018년 4월, 유사한 다른 사안과 함께 선고한 판결에서 원심을 깨고 새로운 판단을 했다.[114] 우리나라 산업재해보상보험법은 제125조에서 근로자는 아니지만 그와 유사하게 노무를 제공하며 산업 재해로부터 보호할 필요성이 있는 집단의 사람들은 일정한 요건을 충족하고, 시행령에서 명시하는 직종에 해당할 경우 재해 발생 시 보상을 받을 수 있도록 하고 있다. 이들을 특수형태근로종사자(약칭 특고)라 한다. 대법원은 음식 배달 앱의 배달원을 근로자로 보기는 어렵지만 특고에는 해당하므로 산재 보상을 받을 여지가 있다고 판결했다.

이러한 변화는 우리나라에서도 플랫폼을 통해 일감을 얻고 건당 수수료를 통해 수입을 확보하는 사람들의 노동을 부분적으로나마 보호할 가능성을 열어 준 것으로 평가할 수 있다. 전에 없던 새로운 형태의 노무 제공자라 해서 기계적으로 법의 적용 범위에서 배제하지 않고, 이들의 수익 구조와 노무 제공의 실상을 구체적으로 파악하여 특수형태근로종사자의 한 부류가 될 수 있다고 보았다. 특히 배달원이 특고로 인정받기 위해 갖춰야 하는 전속성 요건을 엄격히 해석하지 않은 점은 디지털 노동 종사자들의 보호를 위해 중요한 전환점을 마련한 것으로 보인다.[115]

대법원 판결보다 조금 앞선 2017년, 고용노동부는 디지털 노동이 증가하는 최근의 이러한 동향을 반영하여 '퀵서비스기사의 전속성에 대한 고용노동부 고시'를 마련한 바 있다. 배달원이 비록 어느 한 기업에 고정적으로 채용된 근로자는 아니더라도, 특정 업체에서 소득의 과반을 얻거나 업무 시간의 과반을 쓸 경우 산재 보상이 가능하도록 했다.

이러한 일련의 변화는 4차 산업혁명이 회자되는 지금 기존의 노동법이 보호하던 근로자 범주가 계속해서 한계에 부딪히고 있음을 보여 준다. 디지털 기술 혁신으로 인해 플랫폼을 활용한 노동이 점차 확산되면서 앱을 통한 업무로 생계를 유지하는 사람들이 더욱 늘어나고 있다. 소득 확보를 위해 하나가 아닌 다양한 업체로부터 일감을 모색하는 것이 예전과는 비교할 수 없이 수월해졌고, 또 빈번해졌다.

기회의 확대는 새로운 위험을 의미하기도 한다. 오토바이에 음식을 싣고 배달을 하는 기사들의 상당수가 청소년들이라는 사실에도 주목해야 한다. 과거에는 일자리를 구할 때

제약을 받았던 미성년 청소년들이 스마트폰 터치 몇 번으로 돈을 벌 수 있게 되면서 일터에 나가고, 다치고, 사망한다. 이들의 위험을 누가 책임질 것인가. 순식간에 여러 종류의 앱을 내려받아 일거리를 찾는 청소년들을 두고, 특정 기업이나 사용자에게 주로 종속된 사람만을 우선적으로 보호하는 법적 접근 방식이 언제까지 유효할 수 있을지 의문이다. 지금의 국면은 디지털 노동 시대에 부합하는 노동법을 만들어 가는 과도기로 보인다. 일하는 방식이 달라지더라도, 일하는 사람의 생명과 안전을 보호하는 노동법의 기본 원칙은 결코 흔들려서는 안 될 것이다.

기본소득과 노동 ; 일할 권리일까, 일하지 않을 자유일까?

앞서 4차 산업혁명과 디지털 노동의 등장에 대해 살펴본 바와 같이, 디지털 전환으로 인해 '고용 없는 성장'을 넘어선 '노동 없는 미래'에 대한 우려가 확산되고 있다. 이러한 우려는 특히 일자리 감소 문제를 중심으로 많이 논의된다. 인공지능, 로봇 등 예전과는 다른 차원의 새로운 디지털 기술 혁신이 인간의 고용을 대체하는 것이 아닌가 하는 예측이 다수 발견된다. 칼 베네딕트 프레이Carl Benedikt Frey와 마이클 오스본Michael Osborne의 2013년 보고서는 20년 내로 미국 일자리의 47퍼센트가 인공지능 등으로 인해 사라질 수도 있다고 전망해 노동

의 미래에 대한 치열한 논쟁을 촉발했다.[116]

부정적인 미래를 단정 짓는 것은 시기상조일 것이다. 그러나 단기적으로 저숙련 직종을 중심으로 실업률이 높아질 수 있으며, 디지털 전환의 결과로 기존의 경제적 불평등과 양극화가 심화될 수 있다는 연구들에는 주목할 필요가 있다.[117] 이러한 전망은 현존하는 노동 체제와 노동법에 대해 중대한 질문을 던지고 있다. 기술로 인한 일자리 감소가 예측되는 시기에 노동시장에서 취업을 통해 소득을 확보하고 생계를 유지하는 방식이 과연 언제까지 가능할까? 헌법은 모든 국민의 근로기회를 보장한다고 하지만, 만일 현재의 일자리가 상당 부분 기술로 대체되는 것이 불가피하게 맞이할 변화라면 고용 기회라는 권리가 보장될 수 있을까? 소득 보장과 생존권을 도모할 대안적인 방식을 구축해야 하는 것은 아닐까?

이러한 문제의식 속에서 최근 기본소득basic income이 현재의 불평등, 양극화와 같은 경제·사회적 난점을 해소할 수 있는 대안으로 주목받고 있다. 기본소득은 국가 등 정치 공동체가 자산심사와 근로 요구 없이 모든 개인에게 주기적으로 무조건 지급하는 현금으로서 보편성, 무조건성, 개별성, 정기성, 현금성을 주요 개념 요소로 한다.[118]

기본소득은 현재 노동의 부정의를 시정할 대안으로서의 잠재력을 갖고 있다. 기본소득과 노동은 서로 배치되는 것이 아니라 상호 보완적으로 기능할 수 있으며, 나아가 산업 구조의 새로운 변화에 부합하는 방향으로 노동권이 강화되고 재창조되는 계기로 작용할 수 있다. 특히 완전 고용을 목표로 하는 현재의 근로권 관념을 비판적으로 재검토할 수 있게 해준다.

우리 헌법은 국민이 일할 기회를 갖는 것을 헌법상 기본권의 하나로 보장하고 있다. 그러나 민주주의 정치 체제를 택하고 있는 이상, 국가가 나서서 기업들에게 모든 국민을 한 사람도 빠짐없이 채용하라고 강제하는 것은 현실적으로 불가능하다. 청년 실업은 사회적 문제로 계속 부각되고 있다. 이미 취업한 사람들도 과연 경제적으로 안정되고, 정신적으로 의미 있는 일자리를 누리고 있는지 의문이다. 소득, 고용 형태 등을 종합적으로 고려할 때 사실상 우리나라 경제 활동 인구의 75퍼센트 이상이 불안정 노동에 종사하고 있다는 연구 결과도 있다.[119] 현실은 헌법에서 선언하듯 모든 사람이 근로의 기회에 접근하고, 또 좋은 일자리를 누리는 것과는 거리가 멀다.

헌법의 근로권은 국가가 주도적으로 실현하기 어렵다. 고용 창출이 사실상 기업에 맡겨져 있다는 점, 완전 고용이라는 달성하기 어려운 목표로 인해 오히려 노동 유연화를 정당화하는 법과 정책을 유도하는 결과로 이어질 수 있다는 점에서 그렇다. 게다가 법원은 일할 자리를 확보하는 것은 국가 재정이 필요한 정책적 결정이라며 근로권의 의미를 제한적으로 해석하고, 적극적 보장을 회피하는 경향이 있다.[120] 현재의 근로권은 고용에 대해 형식적인 기회를 제공하고 있을 뿐, 양질의 노동을 실질적으로 보장하기에는 본질적 결함을 갖고 있는 것으로 보인다.[121]

이러한 관점에서 기본소득을 살펴보자. 기본소득의 개념 요소 중 가장 중요한 의미를 갖고 동시에 치열한 논란을 불러일으키는 핵심 특성은 무조건성unconditionality이다. 무조건성에는 세 가지 차원이 있다. 첫째, 소득의 무조건성이다. 기본소득을 받는 자가 현재 얼마만큼의 소득이 있는지를 묻지 않는다. 기존의 사회부조 제도처럼 급여를 받기 위해 인격적 굴욕을 감수해 가며 본인이 일정 수준 이하의 빈곤층이라는 것을 입증하는 자산조사means-test를 거치치 않고 주어진다. 둘째, 지출의 무조건성이다. 기본소득으로 받게 될 금액을 어떤 용도와 방식으로 소비하고 지출할 것인지에 대한 조건을 달지 않는다. 특정한 방식으로만 사용할 수 있는 현물이나 바우처 형태는 기본소득으로 볼 수 없으며, 현금으로 주어지는 것이 기본소득이다. 셋째, 행위의 무조건성이다. 기본소득을 받기 위해 특정한 방식으로 행위할 것을 요구하지 않는다. 일하지 않아도 받을 수 있다.[122]

기본소득의 무조건성의 세 번째 차원인 근로 없이 소득이 주어진다는 점은 자본주의 사회에서 통념으로 여겨지는 일할 의무와는 배치된다. 반대론자들은 주로 다음의 두 가지 근거로 기본소득을 비판한다. 우선 실제로 기본소득을 실행한다면 사람들이 취업을 회피하게 되고, 노동 공급이 줄어들어 사회적 문제가 될 것이라고 예견한다. 또한 일하지 않으면서 소득을 받는다는 것은 호혜성의 원칙에 어긋나고, 일하지 않는 사람이 다른 일하는 사람의 노동에 무임승차하는 결과를 조장하여 윤리적 문제도 있다고 우려한다.

기본소득 연구자들은 다음과 같이 반박한다. 기본소득을 시행하면 사람들이 일하지 않을 것이라는 주장에 대해서는 실증적인 근거가 없는 심리적 반응일 뿐이며, 기본소득과 유사한 실험을 했던 사례들을 살펴보면 실제로 기본소득이 노동 공급에 미치는 영향은 거의 없다.[123] 오히려 생계유지를 위해 원치 않는 일을 하는 부담이 줄어들어 다른 영역에서의 자발적인 노동이 활성화될 수 있을 것으로 본다.[124] 일하지 않는 자들의 노동 무임승차 문제에 대해서도 반박할 수 있다. 현재의 노동 체제에서는 돌봄노동을 비공식 영역에 두고 있어 주로 여성이 수행하는 돌봄노동에 대해 사회적, 경제적으로 정당한 대가가 주어지지 않아 젠더 불평등을 양산하고 있다. 즉 남성이 여성의 돌봄노동에 무임승차하는 문제가 이미 존재하며, 기본소득이 새로운 무임승차를 조장하는 것은 아니다. 오히려 기본소득을 통해 돌봄노동을 정의로운 방식으로 분담하고 재구성하는 것이 가능하다.

　　일각에서는 기본소득이 노동과 소득의 연계를 끊는다는 면에서 기본소득의 입장을 탈노동화de-labourization로 설명하기도 한다. 탈노동화를 적극적으로 지지하는 입장에서는 이를 4차 산업혁명과 연관 지어, 미래에는 모든 일을 기계가 하고 사람은 더 이상 노동을 할 필요가 없어지는 사회를 상정한다. 대표적으로 팀 던롭Tim Dunlop은 다음과 같이 제안한다.

　　"일 자체가 많은 문제의 근원이다. 극단적인 입장이기는 하지만 탈노동 접근 방식에서는 '완전 실업'을 공식 정책으로 채택할 것을 요구하며, 인류가 번영하려면 사회의 생산적인 일은 거의 다 기술(로봇, 인공지능 등)에 떠넘기고 인간은 자유롭게 다른 활동을 추구할 수 있어야 한다고 주장한다. (…중략…) 고대 그리스 시민들은 예술과 교육에 많은 시간을 쏟았고, 배우는 데 큰 성취감을 느꼈으며, 사회와 정치 참여에 몰두했고, 모든 노동은 노예들에게 맡겼다. 21세기 시민인 우리는 그런 삶을 살 수 없는 것일까? 모든 노동은 로봇들에게 맡기고 인간은 평등하게 생산적인 일을 하며 사는 삶은 상상할 수 없는 걸까?"[125]

　　이러한 견해에서는 사람이 일하는 것은 더 이상 권리가

아니라, 현대 사회에서 생존을 위해 감내해야 하는 사실상의 의무로 변질되었음을 지적한다. 기본소득이 노동에 대해 제시하는 중요한 의미는 일할 권리right to work로부터 일하지 않을 자유freedom from work로의 이동이라는 주장도 제기된다.[126] 이러한 논리는 결국 노동이라는 행위 자체를 부정하는 입장과 구분되기 쉽지 않다. 그런데 기본소득이 근로 요건 없이도 주어진다고 해서 필연적으로 노동의 가치를 전면 부정하는 결론으로 이어지는 것은 아니므로, 기본소득을 곧 탈노동화와 동일시하는 견해에는 보다 신중한 접근이 필요하다.

기본소득이 근로 여부와 상관없이 주어지는 것이며, 개인의 실질적 자유를 지지하는 것이라면 현존하는 근로권과의 관계는 어떤 방식으로 재구성되어야 할까? 기본소득은 일각의 우려처럼 아무도 일하지 않는 사회라는 극단적인 결론으로 이어지는 것이 아니며, 노동의 본질적 가치를 인정하는 토대 위에서 노동의 교섭력을 전반적으로 강화시켜 '나쁜 노동'을 거부하고, '좋은 노동'을 요구할 권리로 이어진다는 측면에서 근로권을 재정립하고 보완할 잠재력이 있다.

기본소득의 이론적 정립자인 정치 철학자 필리페 판 파레이스Philippe van Parijs는 기본소득의 핵심 가치로 '모두를 위한 실질적 자유real freedom for all'를 말한다. 실질적 자유란 개인이 자유로운 삶을 살기 위해 마지못해 일해서라도 소득을 얻는 것이 선행되어야 하는 것이 아니라, 원치 않는다면 일하지 않아도 살 수 있고, 일을 원하면 스스로 선택할 수 있는 자유를 의미한다.[127] 임금노동의 가장 큰 어려움은 시장에서 본인의 노동력을 판매해야만 그 대가로서 소득을 확보할 수 있으므로 자신을 고용한 타인에게 경제적, 인격적으로 종속될 수밖에 없다는 점에 있다. 기본소득의 옹호론자들은 인간은 타인에게 경제적으로 종속되면 결코 실질적 자유가 확보될 수 없다고 본다. 그러므로 모든 개인에게 무조건적으로 주어지는 기본소득은 좀 더 평등한 기회를 제공하고, 모든 사람이 온전한 시민으로서 동등하게 공동체에 참여할 수 있는 수단이자 기회다.[128]

이러한 실질적 자유의 의미를 노동과 관련하여 살펴보면, 기본소득은 개인이 임금노동을 거부할 수 있는 역량을 부여한다는 점에서 일정 부분 탈노동적 기능을 수행할 수 있을 것이다. 이 지점에서 노동의 의미와 개념 범주를 어떻게 획정하느냐 하는 새로운 고민을 해볼 수 있다. 한나 아렌트는 인간의 다양한 활동을 생존 유지를 위한 노동labor뿐 아니라 작업 work, 행위action 등으로 다양하게 정의한 바 있다.[129] 임금노동이 아닌 돌봄노동, 시민적 정치 활동, 창의적인 예술 노동, 자원봉사 등도 모두 보호가 필요한 '일'로 인정한다면, 기본소득은 노동의 가치를 평가 절하하고, 노동을 거부하는 것이 아니라 인간이 본래적으로 향유할 수 있는 다양한 형태의 노동을 지지하고 돕는 기능을 한다는 결론에 이른다.

기본소득이 기여할 수 있는 대표적인 형태의 노동이 돌봄노동이다. 돌봄노동은 여성이 주로 전담하여 젠더 불평등을 강화하는 기제로 작용하고 있다. 기본소득이 젠더 평등에 미칠 수 있는 영향에 대해서는 서로 다른 예측이 공존한다. 부정적인 시각은 기존에 돌봄노동을 주로 수행하던 전업주부와 같은 여성들이 기본소득을 받게 된다면 취업 동기가 감소되어 가정에 남아 있게 되고, 오히려 젠더 간 노동 분업을 고착화할 우려가 있다고 본다. 기본소득이 주어진다고 해서 남성들이 돌봄노동에 동참하게 될지 다소 회의적인 입장을 보이는 연구들도 있다.[130]

그러나 기본소득이 배우자의 유무, 혹은 가정 내 권력 관계와 무관하게 모든 개인에게 개별적으로 주어진다는 점에 주목하면, 기본소득은 불리하고 취약한 위치에 놓여 있던 여성들에게 지지대의 역할을 할 수 있다. 임금노동이나 가사노동 중 어느 것을 택하든지 생계를 유지할 수 있기 때문이다.[131] 따라서 무급 가사노동 혹은 저임금의 비정규직으로 유급 돌봄노동을 수행하던 여성들은 기본소득에 힘입어 열악하고 취약한 근로조건을 거부하는 것이 비교적 수월해질 것이다. 자본주의 사회에서 임금노동에 참여하는 자만이 가치 있는 시민으로 대우받고, 돌봄노동을 수행하는 여성들은 2등 시민처럼 취급받던 부정의의 문제 또한 더욱 평등한 방향으로 시정될 수 있을 것이다.

노동에서 중요한 가치는 세대에 따라 변화하고 있다. 과거 고도 성장기에는 장시간 노동을 감수하고서라도 높은 임금을 확보하려는 경향이 비교적 강했지만, 현재의 젊은 세대들은 직업에서의 자아 존중과 일과 삶의 양립work-life balance이 가능한 직업을 갖는 것을 중요하게 여긴다. 이러한 변화에 대해서도 기본소득은 중요한 의미를 갖는다. 기본소득을 실시한다면 근로자 입장에서는 조금이라도 장시간 노동을 거부할 수 있는 힘이 생긴다. 노동자가 시간에 대한 자율성을 확보할 권리는 일터는 물론 삶 전반에서의 인간다운 생활권 향유와 직결되어 있다. 독일 연방노동사회부의《노동 4.0》녹서 및 백서는 이를 '시간 주권zeitsouveränität'이라는 개념으로 표현한다.[132]

기본소득 논의는 현재 우리의 노동 현실을 더 나은 것으로 만들고, 노동법이 시대와 사회의 요청에 부응하지 못하고 있는 지점들을 새롭게 할 풍성한 논의 계기를 제공해 준다는 점에서 큰 의미가 있다. 기본소득이 도입되면, 현재의 근로권은 양질의 노동이 아닌 나쁜 노동을 거부할 권리로 그 의미와 범위가 확장될 수 있다.

한국의 노동 4.0을 위하여

'노동 4.0'이라는 개념은 4차 산업혁명에 대한 논의에서 비롯되었지만, 이제는 산업만이 아니라 직업 세계 전체의 노동 형태 및 노동 관계를 조명하는 개념이 되었다. 노동 4.0은 또한 4차 산업혁명을 가능하게 하거나 촉진하는 환경과 조건에 관한 개념으로 볼 수도 있다. 4차 산업혁명은 지금 우리 사회의 문제를 해소하는 데 기여할 수 있어야 한다. 기술의 발전을 지금의 과제에 연결하는 것은 두 가지 측면에서 유의미하다. 첫째로는 당면한 문제를 중장기적 관점으로 바라볼 수 있게 된다는 면에서, 둘째로는 해당 기술에 더욱 많은 자본과 자원을 투입해 기술의 발전을 촉진할 근거를 마련할 수 있다는 점에서 그렇다. 기술 발전이 사회 문제 해결을 돕도록 하는 것은 우리 사회의 지속과 발전을 위해 필수적인 노력일 것이다.

그렇다면 한국에 필요한 노동 4.0은 어떻게 정의 내릴 수 있을 것인가? '한국형 노동 4.0'은 기술 혁신과 산업 구조의 변화에도 불구하고 한국 사회의 모든 구성원들이 동등하게 양질의 노동과 품격 있는 삶을 향유할 수 있도록 노동의 미래를 적극적이고 능동적으로 구상하는 청사진이라 할 것이다.[133] 다시 말하면, 한국형 노동 4.0은 글로벌 경제에서 현재 모든 국가들이 공통적으로 마주한 기술 혁신과 산업 구조의 변화라는 보편적 문제에 응답하되, 전후 고도의 경제적 압축 성장과 민주화를 동시에 이뤄 내며 그 성과와 함께 부작용 또한 겪어 온 한국적 특수 상황을 동시에 담아내는 노동의 미래를 논의하기 위한 열린 접근 방식이다. 인간과 노동을 중심에 놓고 지금의 기술 혁신과 미래 사회를 사고하는 실천적 고민이라고 할 수 있다.

노동법은 미래에도 여전히 노동자와 그 계약 상대방인 사용자 사이의 법률 관계를 규율하고, 법적 보호가 필요한 자를 포착하여 보호를 제공하는 역할을 중요하게 수행할 것이다. 다가올 미래의 노동 세계에서도 이러한 보호 원칙의 실효성을 유지하기 위해서는 변화하는 현실을 정확히 반영하는 것이 중요하다. 특히 디지털 플랫폼에 기반을 둔 공유경제 서비스 제공 업무에 대한 노동법적 규율이 가능한지 검토할 필요가 있다. 공유경제 종사자들에게 어떤 법적 보호를 제공할 것인지, 이를 제공할 사용자의 책임은 어떻게 설계할 것인지에 대한 고민이 필요하다. 언제 어디서든 노동이 제공될 수 있는 디지털 전환에 발맞추어 노동시간의 개념을 재해석하고, '호출 대기'라는 새로운 노동 형태에 대한 법적 규율 및 근로자의 연결차단권 등에 대한 논의도 필요하다.

기술 발전으로 인한 일자리 감소 가능성에 대비하는 것역시 노동법의 책무다. 실업에 대한 사회적 보호를 강화하는일은 직업 훈련 및 소득 보장과 같은 구체적 제도에 대한 재설계를 요구한다. 동시에 일자리를 중심으로 형성되어 있는 현재의 사회보장 제도에 대한 근본적인 성찰이 필요하다는 것을 의미한다. 기대 수명은 점차 증가하는데 일자리는 점점 감소하게 된다면 인간다운 생활을 위한 충분한 소득을 획득할 기회도 점차 줄어들게 된다. 국가의 역할은 점차 커질 것이다. 기본소득 등의 대안적 사회보장 제도를 논의해야 하는 이유다.

이러한 변화는 우리 사회에서 기업의 역할은 무엇인지 되돌아보게 만든다. 기업의 혁신과 활력을 방해하지 않으면서도, 좋은 일자리를 만들어 내고 사회 구성원들의 복지 안녕에 기여할 수 있는 방법은 무엇일까? 기업의 사회적 책임은 무엇인지, 과연 이윤 추구만이 기업의 목적이라 할 수 있는지도 조심스럽게 질문할 수 있어야 한다.

나아가 일터에서의 민주주의라는 관점에서 집단적 노사관계법을 다시 생각해 보자. 노동에 대한 다양한 요구가 제기되는 현재의 상황에서 근로자 집단 및 근로자 개인의 관계는 어떻게 정립될 것인지, 시간과 장소의 경계가 흐려지고 있는 디지털 노동 환경에서 근로자들의 목소리를 어떻게 모을 수 있을지를 고민할 필요가 있다. 어떠한 모습으로 구체화될지는 불투명하지만, 근로자 집단을 통한 거래의 대등성 확보라는 집단적 노사관계법의 기본 원리는 앞으로도 유효할 것이다.

한국형 노동 4.0은 노동의 인격성을 조명하는 연대의

가치, 기술과 경제의 변화에 따른 창의적 생존 방식인 혁신의 가치를 모두 담아내야 할 것이다. 한국적 노동 문제에 대한 실질적 해법을 모색하는 동시에, 경제 활동을 통해 생계를 이어가는 국민 대다수가 일터에서의 안정된 미래를 예측하고 대비할 수 있도록 논의의 장을 열어야 한다. 한국 사회가 지금까지 압축 성장과 민주화를 동시에 달성하며 축적한 역동성, 기술 혁신을 발전의 계기로 삼아 더 나은 근로조건과 일과 삶의 양립이 가능한 노동의 미래를 만들어 가는 것이 한국형 노동 4.0의 과제다.

이철수 교수님은 최근 경제사회노동위원회 노동시간 제도개선위 위원장을 맡으셨다. 탄력근로제 개선 합의문이 국회에 제출되었는데, 이번 합의의 의미와 영향에 대해 들려주신다면.

이철수 탄력적 근로시간제는 현장에서 필요한 제도다. 근로시간을 관리하거나 운용하는 단위를 확장하자는 취지다. 근로시간은 원칙적으로 1일, 1주일 단위로만 규제되는데 이 단위 기간을 넓히자는 발상이다. 단위 기간을 넓히면 유연하게 활용할 수 있다. 한편 근로자 입장에서는 일하는 시간이 들쑥날쑥하게 되어 생활이 불규칙해진다는 우려도 있다. 두 가치를 조정하는 것이 탄력근로제 논의의 핵심이다.

탄력근로제가 우리나라에서 처음 도입된 1997년 당시 대논쟁이 있었다. 불규칙성 완화를 위해 단위 기간을 짧게 하고, 근로자와 사용자 간 협정으로 미리 합의해 놓는 두 가지 방식이 제안되었다. 흔히 사용자들은 탄력근로제를 도입하면 원래 예측하지 못했던 상황에 대응할 수 있다고 여기는데, 잘못된 이해다. 탄력근로제는 예측 가능한 노동 공급에 관한 것이다. 집단적 서면 합의를 통해 특정일, 특정주에 탄력적으로 일한다는 것을 미리 알게 하는 제도다.

이런 변화는 왜 필요할까? 부작용을 우려하는 목소리
도 있다.

이철수 단위 기간을 기존의 3개월에서 6개월까지 늘리기로
합의한 것이다. IT 기업의 경우, 3~4개월 정도 집중하지 못하
면 작품이 나올 수 없다. 산업이나 업종에 따른 일괄적 필요
라기보다는 직무 내용에 따라 필요한 변화다. 예컨대 같은 자
동차 산업 내에서도 R&D 영역에서 집중 근무가 더 필요하다.
주 52시간 근로시간제가 시행되면서 부칙에 탄력근로제 단위
기간 연장에 대한 내용이 있었다. 실근로시간을 줄이는 대신,
시장 수요에 대응하는 방법을 사회적 대화로 제시한 것이다.

단위 기간을 6개월로 늘리면 집중 근로시간이 길어지
며 근로자 건강권 문제가 생길 수 있다. 소득 보장 문제도 있
다. 탄력근로제를 활용할 경우 기존의 연장근로와 초과수당
을 대체하게 될 수 있다. 근로자의 실질 소득 감소가 없도록
해야 한다. 근로시간 단축으로 인한 경영자 측의 애로, 근로
자의 건강권과 소득보장 부작용을 동시에 해결해야 한다. 이
런 어려운 문제를 모처럼 사회적 대화를 통해서 풀었다는 점
에 큰 의미가 있다.

노동시장에 미칠 영향을 전망해 본다면.

이철수 지금까지 탄력근로제 사용 비율은 3.2퍼센트 정도에 불과했다. 노동계에서는 별로 활용되지 않는 제도인데 왜 개선을 서두르느냐는 지적이 있었다. 기존의 단위 기간 3개월로는 현실 수요에 대처하지 못했던 것이며, 6개월로 연장되면 유연한 근무 제도가 조금 더 확대될 것으로 본다. 향후 시장이 답할 문제다.

탄력근로제 합의 과정에서 위원장으로서 논의를 이끈 소회, 사회적 대화라는 보다 큰 화두에 대한 견해가 궁금하다.

이철수 우리나라에서 사회적 대화라는 것은 매우 어렵다. 대화보다는 투쟁을 선호하는 경향이 있다. 대화라는 것은 자기 생각을 양보해야 가능한 것인데, 우리 노사관계에 그런 합리적 태도가 과연 있는가.

노동계, 사측 모두 양보한 뒤 조직에 설명하는 것에 부담을 느낀다. 대화보다는 투쟁을 조직 전략에 더 유리하다고 여긴다. 단기적으로는 도덕성 우위를 점해야 대중성 확보에 성공한다. 대화를 하나의 건수로 생각하고, 원하는 내용의 합의가 나오지 않으면 무능하고 실패했다고 여긴다. 대화를 모색했던 사람들이 조직에서 불이익을 당하기도 하는데, 그런 일을 겪으면 대화를 더 안 하게 된다.

대화를 하는 이유는 세 가지다. 첫째, 대화를 통한 갈등 흡수 기능이 있다. 둘째, 대안을 모색하며 좀 더 진전되고 생산적인 방안을 발견할 수 있다. 셋째, 이 과정의 산물로 합의까지 이루어지면 더욱 좋은 것이다. 그런데 우리 노사정은 첫째, 둘째는 건너뛰고 무조건 합의만 요구하는 강박이 있다. 합의는 본시 어려운 것이다. 하물며 부부지간에도 합의가 어렵지 않은가. 그런데 합의에 실패하는 순간 대화 참여자들이 부당하게 비난받는다. 반대로 합의에서 빠졌던 사람들은 '봐라, 우리가 옳다'는 식이다. 침묵한 방관자가 승자가 되어 버린다.

학자들도 잘못된 분위기를 형성하는 데 동조했다. 한국에 제대로 된 사회주의 정당이 없다는 등의 이유로 노사정 무용론을 제기한 진보 학자들이 있다. 그러나 단언컨대 한국처럼 사회적 대화 경험이 풍부한 나라도 없다. 1998년 2. 6 협약은 IMF라는 국가 위기를 극복한 대타협이다. 1996년 김영삼 정부에서 노사관계개혁위원회가 마련한 노동법 개정안은 정부의 날치기 입법 등 우여곡절이 있었지만, 민주화 열기, 국제화, 유연화 등 여러 배경을 종합하여 법안을 만들고 사회적 타협을 한 것이다. 2015년 9. 15 사회 협약도 내용 면에서는 나쁘지 않았으나 정부 부처들의 일방적이고 파행적인 태도가 문제였다.

노사정 합의에 대해 네덜란드 등 선진국 사례만 얘기하면서 정작 우리의 좋은 경험을 평가 절하하고 사회적 대화가 성숙되기 어렵다는 주장을 무책임하게 확산한 결과, 강경파의 입지를 강화하는 데 일조한 꼴이 되었다. 한국노총은 과거 한때 어용성 시비로부터 자유롭지 못하였지만 지금은 더 이상 그렇지 않다. 한국노총의 대화 참여 노력을 불온시하려는 태도는 문제가 있다. 묘하게 투쟁적인 노선을 편들거나 편승하려는 흐름이 사회적 대화를 어렵게 만든다.

사회적 대화에 있어 노사 양쪽의 능력이 부족하다는 인상도 받았다. 본인은 노동법제 개혁에 많은 관여를 했고, 노태우 정부에서 노무현 정부에 이르기까지 노동법개정연구회, 노사관계개혁위원회, 노사정위원회에서의 활동을 평가받아 노무현 전 대통령 재임기에 홍조근정훈장을 받기도 했다. 1990년대 중반 노사관계개혁위원회에서의 논의 때에는 양쪽 모두 전문성이 있었고, 대화하면서 논의가 진전되는 것을 느꼈다. 그런데 지금은 투쟁 위주로 가다 보니 합리적 대화보다는 자기 입장만 고집한다. 경영계, 노동계 둘 다 마찬가지다. 대화를 통해 공통의 인식 기반을 넓히며 전문성과 책임 의식을 갖고 문제를 풀어야 하는데, 조직에 돌아가서 면피하는 수준으로 안일하게 접근한다.

이번 탄력근로제 대화에서는 양쪽 모두가 수용할 카드를 제시하고 압박 전술도 썼다. 논쟁의 여지가 있는 것은 최소화하고, 문제를 단순화해서 결과적으로는 잘 합의된 것으로 본다.

지금까지 한국 노동법의 변화 중 가장 핵심적인 것은 무엇일까?

이철수 연혁적으로 보면 우리나라에서 노동법의 변화는 곧 노동 체제의 변화를 의미한다. 한국 노동법은 초기에는 외국법을 계수, 모방하며 출발했지만, 발전을 거치며 독자적이고 한국적인 모습을 갖추어 갔다. 한국은 산업화, 민주화를 동시에 달성한 독특한 사례다. ILO가 한국에서 일어나는 변화를 예의 주시하는 이유다.

시기별로 보면, 우리나라는 1953년도에 일본법을 계수하며 최초의 노동법을 제정했다. 독재 정권 시기에는 노사관계가 사실상 없다시피 했고, 전두환 정권에 이르러서는 노동 3권이 실종되는 위기도 있었다. 그러다 1987년 민주화 대투쟁이라는 반전을 맞는다. 그 전까지의 노동법은 성장과 효율만을 중시했다면, 이 무렵부터는 사회적 형평을 강조하고 노동에서의 민주화를 반영하는 쪽으로 점차 흐름이 바뀌기 시작한다. 그런데 1990년도부터 신자유주의가 대세적 사조가 되고 세계화 요구라는 압박이 등장한다. 사용자들은 노동 유연화를 요구했다. 한국도 OECD, ILO에 가입하면서 세계 속 위상에 걸맞게 법을 개정해야 할 필요가 있었다. 이런 흐름이 1997년 노사관계개혁위원회를 통한 노동법의 전면 개정으로 이어졌다. 법에 있어서는 가장 큰 변화였다고 할 수 있다.

그 이후로는 정권에 따라 다양한 부침을 겪지만 과거처럼 어느 한쪽의 단선적 요구만 관철되는 상황은 더 이상 없다. 물론 정권 속성에 따라 노동 행정에 다소의 차이는 있지만, 법 제도에 있어 무조건적으로 일방의 편만 들 수는 없게 되었다. 특정 정권 때는 무조건 근로자가 유리하고, 어느 때는 불리하고, 그런 것은 더 이상 없다. 그만큼 한국이 발전한 것이다.

이다혜 한국은 대단한 나라다. 서구 사회에서 300년에 걸쳐 천천히 진행된 경제 성장과 민주화를 우리는 사실상 30년 안에 고도의 압축 성장을 통해 이뤄 냈다. 그 과정이 우리 노동법에 고스란히 드러난다. 한국 노동법을 세계적 수준에서 바라볼 때, 외국에 알릴 만한 우리 노동법의 특수성은 어디에 있을까. 외국 학자들과 대화해 보면 한국의 다이내믹한 노동 운동을 높이 평가한다. 예컨대 어느 국가든지 보편적으로 이주 노동자 문제를 겪는데, 비교법적으로는 한국처럼 국내 노조가 외국인 노조 조직화를 적극적으로 돕고, 승소 판결이나 관련법 개정을 이끌어 낸 사례가 흔치 않다. 한국은 독재 정권을 스스로 타도한 경험과 힘이 있는 국가다. 1970~1980년대의 민주화 운동은 우리 노동법과 노사관계에 전반적으로 큰 영향을 미쳤다. 경험에서 나온 노동 운동의 에너지를 바탕으로 국민이 법과 제도의 변화를 이끌어 가는 것은 큰 자산이다.

세계적인 기준에서 한국 노동법을 평가해 본다면.

이철수 보호 수준에 대해 이야기하면 이분법적인 논쟁으로 흐르는 경향이 있다. 일각에서는 한국 노동법이 지나치게 경직되어 있다고 비판한다. 예컨대 세계경제포럼WEF은 한국 노동법이 경직적이라고 평가하는데, 이는 일종의 경영인 설문 조사다. 객관적 근거가 없는 주장이다. 한국 노동법에 대한 학술적 분석에 따르면 결코 경직적이지 않다.

노동법을 평가할 때 보호 수준 문제로 접근하기보다는 규범의 합리성을 살피는 것이 필요하다. 진영 논리, 유연한가 경직적인가 하는 이분법적 접근은 안 된다. 외국에서 한국 노동법이 경직적이라고 주장하는 이유는 해고가 엄격한 점, 투쟁적 노조가 있기 때문에 사업하기 힘들다는 점 등이다. 경영인들의 피상적인 관점이다. 구체적인 한국 노동법을 잘 모르고

하는 말이다. 우리 법제를 보호 수준으로만 평가하는 것은 바람직하지 않고, 또 평면적으로 다른 나라와 비교할 수도 없다.

우리 노동법은 괜찮은 법제라고 총평할 수 있다. 한국적인 실험을 하며 국제 노동기준에 부합하는 방향으로 발전해 왔다. 앞서 우리나라의 민주화 에너지를 얘기했는데, 한국인은 매우 평등 지향적이다. 노동법의 존재 이유와 본래 모습이 무차별적인 보호이기도 하다. 근로의 종류를 따지지 않고, 블루칼라인지 화이트칼라인지 묻지 않고 근로자를 보호 대상으로 보는 것이다. 협약자치보다는 국가의 법과 규범을 통해 규율하기 때문에 국가 개입이 많고 보호 수준이 낮지 않다. 진보 정권이든, 보수 정권이든 민주화 과정에서 노동의 목소리가 컸던 우리의 배경을 함부로 무시할 수 없다. 제도의 측면에서는 괜찮은 점수를 주고 싶다.

그런데 현장에서는 경제, 노사관계 모두 이중구조 문제가 심각하다. 대기업과 중소기업, 정규직과 비정규직 편차가 크다. 하나의 규범으로 두 가지 현상을 다 포섭하기 매우 힘들다. 어느 쪽에 맞추느냐에 따라 법의 정당성과 타당성이 달라지고 논쟁의 여지가 생긴다. 대기업 근로자 문제도 있지만 현장에서는 영세 사업자, 비정규직, 프레카리아트precariat라 불리는 취약 노동자들의 문제가 심하다. 모든 영역이 이중구조의 모순을 드러내다 보니 노동법이 두 개 있어야 하나 싶은 생각마저 든다.

최근 노동법의 변화 중 일터에서 직접 피부에 와 닿는 것은 주 52시간제 시행과 최저임금 인상이다. 두 가지 변화를 어떻게 평가하는지.

이철수 우선 주 52시간제 시행은 노동부가 최대 68시간까지 가능한 것처럼 잘못 해석했던 것을 이번에 입법적으로 바로 잡은 것이다. 맞는 방향이다. 다만 사용자들의 숨통을 조금 틔워 주기 위해 탄력근로제를 논의한 것이다. 과거에도 수차례 근로시간 법 개정이 있었지만, 법정근로시간을 단축했던 것이므로 근로자는 초과근로와 연장근로수당을 통해 더 많은 수입을 올릴 수 있었다. 이번 주 52시간 도입은 최초로 실근로시간을 단축한 것이다. 근로자는 실질 수입이 감소하고, 사용자는 더 많은 업무를 시킬 수 없게 된다. 이런 변화에 대해 직종별, 업무별로 입장이 각기 다르고 찬반이 복잡하게 나뉜다. 큰 방향에서는 노동시간을 줄이는 것이 맞다. 우리나라 근로시간은 지나치게 길다. 연간 2000시간이 넘고, 멕시코 다음으로 길다. 독일의 일부 금속노조의 경우 주 28시간으로 단체협약을 체결한 사례가 발견된다. 앞으로는 장시간 일할 상황조차 안 된다. 저성장 시대에 그만큼 일할 거리도 없다. 근로시간 단축의 현대적 의미는 무엇일까 생각해야 한다. 요즘 '시간 주권'이라는 말이 사용된다. 근로시간에서 자기 결정권을 강화하는 것은 하나의 시대적 추세고, 시민 생활, 일·가정 양립 등 개인 행복을 위해 중요한 의미가 있다.

최저임금의 경우, 인상했을 때 현실 경제에 어떤 영향을 미치는지, 속도가 적절한지에 대해서는 여기서 답할 수 있는 문제가 아니다. 제도적으로는 최저임금 산입범위와 결정 방식에 관한 논의가 중요하다. 산입범위와 관련해 기존에 정기상여금을 제외하던 방식은 잘못된 것이다. 복리후생비, 정기상여금을 포함하는 방식으로 바뀐 것은 옳은 방향이다. 다만 결정 방식으로 단체교섭만을 고집하는 것은 적절치 않다고 본다. 최저임금은 양 당사자 입장 절충보다는 과학적, 객관적인 공식으로 접근하는 편이 낫다. 객관적 데이터를 제시하고 그 안에서 노사 입장을 반영하도록 하는 구간설정위원회 방식은 현재로서 맞는 방향이라고 본다. 빠른 법제화는 어려울 것으로 보이지만, 객관성과 주체적 의지를 절충하는 방식에 찬성한다.

최저임금 결정 방식은 나라마다 천차만별이다. 뉴질랜드나 호주는 위원회 또는 법원이 정하고, 미국은 법률로 정한다. 한편 산별노조 체제가 잘 되어 있는 유럽 국가들은 최저임금을 법으로 정하지 않는다. 단체협약이 자연스레 최저 기준이 되기 때문이다. 그런데 최근 독일에서 최저임금을 법으로 정하는 변화가 있었다. 양극화, 불평등 문제를 해소하자는 취지가 있다. 노동법 발전에서 세계적으로는 2008년도 미국발 금융 위기가 또 한 번의 큰 전환점이 되었다. 진보 경제학자 스티글리츠는 주류 경제학을 반성하고, 지속 가능한 성장을 위한 분배 정책의 필요성을 말한다. 최저임금도 분배 정책의 하나로 활용될 수 있다.

흔히 노동 보호와 기업 경쟁력 강화는 양립할 수 없는 목표로 여겨진다. 과연 실제로 그런 것일까? 이런 인식을 바꿀 수 있을까?

이철수 공리에 대한 보편적 이해가 없기 때문에 그런 소모적인 논쟁이 생긴다. 자본주의 모순을 시정하려는 사회적 합의를 통해 노동법이 형성되었다는 점을 알아야 한다. 쉽게 말해 우리가 물건이나 집을 사고파는 시민법적 거래와 인간의 노동을 거래하는 것은 엄연히 다를 수밖에 없다. 노동자는 사회적, 경제적 열위에 있기 때문에 보호하는 것이 사회적 정의에 부합한다는 점에서 노동법이 출발했다. 자본과 노동이 형식적으로 평등할 수 있다는 환상은 깨진 지 오래다. 노동을 보호하고 집단적 목소리를 키워 주어야 실질적 정의가 구현된다는 점에 모든 국가가 동의한 것이다. 이것은 역사 속에서 검증된 논쟁이 필요 없는 보편적인 공리다. 인간이 존엄하다는 점에는 설명이 필요 없지 않나.

보편적 공리에 대해서는 교육의 역할이 중요하다. 직업관, 노동관에 대한 교육이 필요하다. 독일의 경우 어렸을 때부터 학교에서 노동에 대한 교육을 시킨다고 한다. 우리는 그런 기초 없이 공리를 건드리며 불필요한 논쟁을 한다. 특히 주류 경제학자, 시장주의자들이 인간을 추상적으로 상품화하고, 노동을 교환 대상으로만 여기며 무책임한 주장을 많이 한다. 그러나 노동법은 구체적, 사회적 인간을 전제한다.

이다혜 사람을 보호하는 것은 자명한 원리인데 이것이 공격받는 시대가 되었다. 노동법의 역사와 출발점은 인권적 동기에 있다. 산업혁명 이후 도시로 이주한 농민들이 빈민 노동자가 되고 어른, 아이 할 것 없이 가혹한 조건에서 일하게 된다. 이 문제에 대처하기 위해 나온 것이 노동법이다.

18~19세기에 사람이 일하고 생존하는 것을 국가가 보장해야 한다는 치열한 고민이 전개됐다. 대표적으로 마르크스는 자본주의 붕괴를 예견하고 계급 혁명을 주창한다. 공산주의 혁명은 현실 정치에서는 실패했을지 모르지만, 이를 계기로 개인 간의 거래와 계약만 보호하는 민법을 넘어 일하는

사람의 인격을 보호하는 사회법으로서의 노동법이 탄생한다. 법학자 안톤 멩거Anton Menger는 최초로 근로권, 생존권 이론을 정립하며 국가가 노동자를 보호할 때 자본주의도 제대로 기능할 수 있음을 밝혔다.

기업은 노동법 준수를 비용으로만 여기는 경향이 강하다. 노동법 다 지키면 회사가 어떻게 돌아가냐고 불평한다. 그러나 기업은 근로자 보호 때문에 효율성이 떨어진다고 탓할 것이 아니라, 자신들의 경영 역량의 문제는 아닌지 살펴야 한다. 예컨대 우리나라는 장시간 노동이 큰 문제다. 그에 반해 북유럽 국가들은 노동시간이 짧다. 서울대 안상훈 교수는 북유럽은 좋은 법과 제도가 있기도 하지만, 기업 경영 방식도 매우 체계적이라는 점을 지적했다. 직무 관리를 효과적으로 하니 굳이 장시간 노동을 시킬 필요가 없다는 것이다. 그러니 노동법을 지키지 못한다는 것은 곧 경영 실패를 자인하는 것이기도 하다.

이철수 19세기 마르크스, 안톤 멩거 등을 돌이켜보면 그 시대 담론은 모두 기본적으로 노동가치설에 터 잡고 있었다. 지대나 이자 소득을 불로소득unearned income으로 반가치적으로 본 것이다. 이런 정의관은 크게 두 가지 흐름으로 전개된다. 하나는 볼셰비키 혁명 등 공산주의를 추구했던 방향이고, 다른 하나는 자본주의 체제로 가되 생존권을 제도화하는 방향이다. 지금의 노동3권은 이런 과정을 통해 비로소 보장될 수 있었다.

19세기에 형성된 방법론이 21세기에도 여전히 유효한지에 대해서는 깊은 고민이 필요하다. 지금은 노동자 분해 현상이 일어나서 더 이상 하나의 획일적 규범으로 다루기 어렵고, 보호의 사각지대가 생긴다. 구체적인 문제에 대해 세심한 배려와 다각도의 논의가 필요하다. 패러다임 전환이 필요한 시점이 되었는데 그런 이해 없이 법과 원칙을 지키자고만 하면서, 정작 법의 원래 정신을 잊고 있는 것은 아닌지.

산업 구조가 변하며 비정규직 문제가 심각해졌다. 이에 대해 어떻게 진단하고 있나?

이철수 한때 시장주의자들이 "밖이 추운 것이 아니라 안이 덥다"는 식의 주장을 했다. 우리 노동 문제의 원인을 소위 정규직 과보호에 돌리고 진정한 해법 찾기를 게을리한 것이다. 논리적 근거도, 반박할 가치도 없는 주장이다. 현실에서 비정규직이 심각한 문제인데, 원인을 파악하고 해소할 방법을 찾아야 한다. 비정규직에 대해 법과 제도는 꾸준히 정비하고 있는데 문제가 해결되지 않는다. 그 까닭은 법의 잘못일까, 현실의 잘못일까.

비정규직을 비롯한 새로운 노동 문제에 대해 가장 좋지 못한 접근 방식은 노사가 책임을 정부에만 전가하는 법률 만능주의다. 사용자의 무책임한 자세는 물론이며, 노조도 마찬가지다. 같은 노동자로서 누군가는 비정규직으로 어려움에 처해 있다면 함께 생존할 수 있는 방법을 모색하는 자세가 필요하다. 노동운동의 출발점은 대동단결이다. 연대하지 않고 모든 것은 법과 제도 잘못이라는 유체이탈 화법을 쓰는 것은 아닌지. 서로 책임을 회피한다. 노사관계 당사자의 책임 있는 자세가 어느 때보다도 절실히 요구된다.

4차 산업혁명, 디지털 전환으로 전에 없던 새로운 형태의 노동이 등장하고 사회 문제로도 부상하는 중이다. 노동법은 새로운 디지털 노동에 어떻게 대처해야 할까?

이다혜 디지털 노동에 대해 논쟁을 촉발시킨 대표적인 계기가 우버의 등장이다. 영국에 머물 때 우버를 종종 이용하며 운전자들과 대화를 나눠 보았다. 재미있는 현상 두 가지를 발견했다. 첫째, 예상보다 훨씬 많은 사람들이 우버를 부업 수준이 아닌 풀타임 일자리이자 주된 소득원으로 삼고 있었다. 둘째, 그러나 이들은 온종일 우버 기사로 운전하면서도 스스로 근로자로 여기지 않았다. 고정된 시간, 장소에 출퇴근하지 않고 상사 지시를 받지 않으니 자기는 일반 근로자와는 다른 자유인이라는 것이다.

　이러한 양면적 태도가 디지털 노동의 두 가지 차원을 보여 준다. 보호가 필요한 측면과 그렇지 않은 측면이 함께 공존한다는 것이 논의의 출발점이다. 미국에서는 우버 운전자들이 비록 앱을 이용해 운전하더라도 일정한 통제를 받는 것이므로 자영인으로 단정할 수 없다고 판결한 사례가 있다. 그러나 근로자인지 아닌지 그 여부가 법적으로 정리된 것은 아니며, 아직 어떤 국가에서도 이 문제에 대한 최종 결론을 내지 못했다. 디지털 노동에 대한 규율은 복잡하고 어려운 문제다.

　우리나라는 배달 대행 앱을 중심으로 법적 논쟁이 시작되었다. 10대 청소년들이 아르바이트로 앱을 이용해 음식점 배달을 하다가 다치고 사망하는 사고가 발생한다. 최근 대법원 판결은 이런 사안에서 근로자성을 인정하지는 않았지만, 특수형태근로종사자의 한 범주로 보아 산재 보상이 가능하도록 했다. 플랫폼 노동의 분야가 점차 다양해질 것이므로 앞으로 법적 분쟁의 종류와 범위가 점차 증가할 것으로 본다. 지금 가사 서비스 대행 앱도 시장 규모가 급성장 중인데, 고객의 집에 와서 가사노동을 대신해 주는 과정에서 다양한 형태의 법적 문제가 발생할 수 있다.

　전통적 노동법은 사용자에게 종속되어 일하는 사람을

근로자로 보는데, 종래와 다른 방식으로 일하는 디지털 노무 제공자에게 그 기준을 적용하는 데 한계가 있다. 플랫폼 노동의 사용자 책임 측면에 주목할 필요가 있다. 결국 기업이 이용자들의 서비스를 통해 수익 창출을 하는 구조라면, 문제 발생 시 어떤 방식으로 책임을 분담할지 구체적 고민이 필요하다.

이철수 생각해 보면 플랫폼 노동이 꼭 새로운 것은 아니다. 예컨대 골프장 캐디의 경우, 골프장이 일종의 플랫폼이다. 지금의 우버, 배달 앱 등은 그 플랫폼이 디지털화된 것이 특징이다. 노무 제공자, 서비스 이용자, 플랫폼이 등장한다는 점에서 기본 구조는 크게 다르지 않다. 그런데 디지털 앱에서의 새로운 문제는 사용자가 없기도 하고 때로는 다수의 사용자가 등장한다는 점이다. 노무 제공자가 이 앱도 들어가고 저 앱도 들어갈 수 있다. 따라서 기존 플랫폼과 다른 새로운 문제는 누구에게 사용자 책임을 물을 것인가 하는 문제다. 계약 형태도 전과 다르다. 기존의 비정규직이라고 하면 기간제 및 단시간 근로자, 파견 근로자 등의 범주가 있는데 디지털 노동은 또 다른 형태의 전형적이지 않은 노동이다. 사고나 문제가 생기면 누가 법적 책임을 지고 어떻게 대처할 것인가.

근로자 판단 문제에 대해서는 국가별로 서로 접근이 다르다. 독일이나 우리나라의 경우 법적으로 우버 금지 국가다.

그런데 이 문제를 풀려면 유형적 접근보다는 기능적, 실무적 접근이 필요하다. 꼭 노동법을 적용해서 근로자냐 아니냐의 양자택일을 하지 않아도 된다. 사고가 발생했다면 산재 보상을 적용하면 되고, 불공정 거래 문제가 있다면 경제법을 적용할 수 있다. 노동법은 이 문제에 대해 사회보장법은 물론이며, 경제법과도 교류를 통해 합리적인 대안을 모색하는 것이 필요하다. 디지털 노무 제공자들이 집단적 목소리를 낼 수 있도록 하더라도, 디지털 노동에서는 과거처럼 파업하는 방식이 과연 유용한 전술이 될 수 있을지는 의문이다.

결국 디지털 노동을 하는 사람 입장에서는 자신의 구체적인 고충을 해결하는 좋은 시스템을 원할 것이다. 앞으로 어떤 새로운 문제가 발생할지 지켜보아야 한다.

앞으로 4차 산업혁명이 진행되면 일자리가 대폭 감소한다는 우려도 있다. 그러면 기본소득과 같은 대안적인 보호 제도가 필요할까?

이다혜 최근 4차 산업혁명을 고용 감소와 연관 지어 이야기하는 경우가 많다. 인공지능과 자동화 등으로 대량 실업 사태가 촉발되고, 노동을 통한 임금소득 확보가 어려워지니 불가피하게 기본소득을 도입해야 한다는 식의 논리다. 그런데 사실 4차 산업혁명이라는 개념 자체에 대한 회의론도 있을 뿐더러 디지털 전환이 대량 실업을 초래한다는 전망은 학술적으로 검증된 시나리오는 아니다. 여전히 찬반론이 공존한다.

기본소득 도입을 뒷받침할 수 있는 더 중요한 논거는 이런 것이다. 산업 구조와 가치 창출 방식이 바뀌고 있다. 과거에는 마르크스의 분석처럼 노동가치설이 유효했을지 모르나, 지금은 정보와 지식을 통해 더 많은 가치가 생산되는 현상을 눈여겨보아야 한다. 산업 자본주의에서 '인지 자본주의cognitive capitalism'로 이행하고 있는 것이다. 기업들이 꼭 많은 근로자를 채용해 노동 집약적으로 제품 생산에 의존하는 것이 아니라, 구글이나 페이스북처럼 불특정 다수의 이용자가 생성하는 빅데이터를 통해 엄청난 수익을 벌어들인다. 어찌 보면 우리 모두가 기업의 이윤 창출에 기여하고 있는 것인데, 이러한 수익이 기업 자산으로만 축적되고 일반 대중에게는 분배가 안 되어 소득 불평등이 더욱 심화된다.

기본소득은 여기서 정당성을 획득한다. 정보 가치를 생산하는 데 일반인 모두가 기여하고 있으니, 임금노동과 무관하게 기본소득을 실시한다면 사회 전체의 재화를 정의롭게 분배하는 효과를 기대할 수 있는 것이다.

이철수 먼 훗날에는 기본소득이 자리 잡을 것이라고 본다. 언

젠가는 전체 인구의 5퍼센트도 안 되는 취업자가 가치를 창출하고, 나머지는 일할 기회도 갖지 못하는 상황이 올 수 있다. 그렇다면 지금의 분배 정책 또는 사회보장시스템으로는 안 된다. 다만 기본소득이 '왜 지금이냐'에 대해서는 논란이나 저항이 있을 것이다. 근대적 노동관은 일하지 않는 자는 먹지도 말라는 것이다. 일하지 않는 사람에게 소득을 준다는 발상은 현재 우리 법감정이나 상식에 와닿지 않기 때문이다.

제임스 퍼거슨James Ferguson은 기본소득과 관련하여 'Give Man a Fish'라고 갈파한다. 근대적 노동관은 고기를 주지 말고 '고기 잡는 법'을 알려 주라고 하지만, 기본소득은 고기를 직접 주라는 것이다. 고기를 직접 주는 방식의 분배가 꼭 생소한 것은 아니다. 미국 알래스카나 스위스 같은 곳에서 기본소득과 유사한 방식을 실험하고 있고, 우리나라도 성남시 청년수당 등 부분적 시도가 진행 중이다. 현재 제도로는 미래 문제에 대처하기 어려울 수 있으니 지금부터 대안적 사회보장제도로 검토해 볼 만하다. 앞으로 성장이 멈추거나 '수축 사회'가 된다는 논의도 있다. 지속 가능한 사회를 위한 모델을 찾으려면 어떤 방식이든 개방적으로 접근해야 한다. 생소하거나 전통적 감정에 반한다고 배척할 만큼 한가한 시대가 아니다. 현재의 심각한 불평등, 양극화 문제에 대처하기 위해서도 분배 정책의 대전환이 필요하다. 기본소득은 그런 차원에서 실천적 의미를 지닐 수 있다.

일하는 삶을 살면서도 노동에 대해 깊이 생각해 볼 기회가 없고, 노동법의 중요성을 잘 모르는 경우가 많다. 지금을 사는 우리 모두가 노동법에 대해 알아야 하는 이유는 무엇일까?

이철수 시몬 베유Simone Weil는 "노동은 이성의 학교"라고 했다. 우리가 살면서 직업을 가지고 일한다는 것은 중요하고 고귀한 것이다. 그러니 노동을 규율하는 법과 제도에 대한 이해가 필수적인데, 우리 교육은 이 점에 무관심하다. 직업이 굉장히 중요한데 여기에 대한 의미 전달이 잘 안 되고 있다. 직업관은 인생관 문제이기도 하다. 나의 일에 만족하는 동시에 사회 구성원으로서 기여하는 방식이기도 하다.

어찌 보면 투쟁적 노사관계는 생존 방식에 대한 이성적 판단이 부재한 데에서 비롯되는 것일지도 모른다. 이성이 부재한 영역에는 비이성이 파고들기 마련이다. 기업도, 노동자도, 노동이 갖는 본래적, 제도적 의미에 대한 이해가 없어서 비생산적인 충돌이 발생한다. 사용자는 단기 경영실적에 집착하여 노동을 귀중한 자산으로 보는 것이 아니라 그저 인건비 정도로 인식하려는 경향이 강하다. 그러나 노동이야말로 일종의 사회적 자산이고 기업의 신용이다. 이런 점에 대한 교육이 전혀 없다. 제도화된 노동에 대해 올바른 시각과 이해가 필요하다.

한국은 유례없는 초고속 경제 성장을 거치면서 기성세대와 청년 간 경험과 인식의 차이가 크고, 일에 대한 생각과 가치관도 많이 다르다. 미래 세대를 위한 노동법에는 무엇이 필요할까?

이다혜 책 제목이《영혼 있는 노동》이다. 알베르 까뮈가 "노동 없는 삶은 부패하나, 영혼 없는 노동은 삶을 질식시킨다"고 말한 데서 착안한 것이다. 한국 사회는 많은 사람들이 '영혼 없이' 일하고, 더 심하게는 요즘 유행어처럼 '영혼을 갈아 넣은' 노동까지 한다. 지나치게 힘들고 소모적으로 일한다는 점에 다들 동감한다.

결국 미래는 청년들이 이끌어 가게 될 텐데, 청년 세대는 노동법에 무엇을 기대할까. 과거 경제 고성장기에는 노동법의 목표가 높은 임금 수준과 노동조합 조직률을 보장하는 것으로 이해되어 왔다. 그러나 현재 청년들이 일에서 원하는 가치는 전혀 다르다. 무조건 많은 돈을 받는 일을 하는 것이 삶의 목표가 아니다. 지금 만나는 학생들과 이야기해 보면, 로스쿨에 다니고 전문직에 종사하면서도 연극을 배우고 뮤지컬을 한다. 임금노동이 아닌 삶의 다른 영역에서 반드시 자신의 개성이 발현되는 지점을 찾는다. 기성세대와의 결정적인 차이다. 일터 외에 삶의 다른 영역도 존중하는 노동법이 필요하다. 노동에서의 가치가 크게 변화했다는 점을 인정해야 한다.

그런 의미에서 노동법에서 '자유'의 가치가 재조명될 필요가 있다는 생각이 든다. 지금까지 노동법은 자유, 평등이라는 양대 가치 중에서 주로 평등에 집중해 왔다. 그동안 자유라는 단어가 신자유주의에 의해 오염되었기 때문이기도 하다. 서구에서는 1970년대 영국의 마거릿 대처 정권을 비롯한 보수 정권에서, 우리나라에서도 1990년대 이후 신자유주의의 영향으로 기업 경쟁력만 옹호하고 법과 규제를 무조건 완화하는 것을 자유와 동일시하는 편협한 이해가 팽배했기 때문에 자유라는 단어를 함부로 쓰면 위험하게 들리기까지 하는, 그런 맥락도 있었다. 상대적으로 노동에서의 자유에 대한 고민이 부족했다.

그러나 우리에게는 자유와 평등 모두가 필요하다. 무한 경쟁과 동일시되는 잘못된 의미의 자유 말고, 인간을 보호하고 평등을 구현하면서도 해방시켜 주는 진정한 의미의 자유가 필요하다. 한나 아렌트의 통찰처럼 생계유지에만 얽매인 임금노동이 아니라, 자아실현, 의미 있는 창조적 활동, 정치적 참여가 가능한 노동이 필요하고, 그것이 다시금 부각되는 시대가 왔다. 이것이 '영혼 있는 노동' 아닐까.

이철수 영혼 있는 노동, 노동에서의 자유. 무척 중요한 가치다. 조금 더 현실적인 이야기를 하면, 우리 아버지 세대는 압축 성장 시대에 살아남기 위해 노동했고, 우리 세대는 더 많이 벌기 위해 노동했다. 그렇다면 미래 세대는 과연 왜 일하는지에 대해 질문해야 한다.

　우리가 알던 노동운동의 존재 이유는 "더 많이"였다. 미국 노동총연맹AFL의 초대 위원장이었던 새뮤얼 곰퍼스Samuel Gompers는 노동운동의 목표가 무엇이냐고 물었더니, "the more"라고 답했다. 더 많이 버는 것이 목표라는 의미다. 그러나 지금 세대는 그렇지 않다. 현재의 노동 문제들은 더 많이 벌기만 한다고 해결되지 않는다. 불평등이 심각하고 고용 안정조차 어려운 시대다. 직장을 언제 잃을지 모르는 상황에서 과거처럼 '더 많이'를 추구하는 것이 와닿지 않는다. 현재 젊은이들에게 자유의 가치가 중요하다면, 구체적으로 개인의 선택권, 시간 주권, 소득 보장 등이 구현되어야 한다. '영혼을 갈아 넣은 노동'을 해야 하는 균열 일터에서 우리 젊은이들이 원하는 삶의 방식에 맞는 패러다임이 필요하다.

　마지막으로 우리는 '앞으로 무엇을 해야 하나'라는 질문 앞에서 대개 국가와 제도를 바라본다. 그런데 국가에 모든 것을 의존하려는 자세는 바람직하지 않다. 행위자들의 주체적인 자세가 필요하다. 기업은 이윤 추구만을 유일한 목적으로 삼아서는 안 될 것이다. 지속 가능한 발전을 위해 장기적 상생의 조건을 어떻게 확대할지 관심을 가져야 한다. 노동조합은 산업화 시대의 전투적, 대립적 모델을 고집할 것이 아니라 협력적 자세로 열린 대화의 장에 나서야 한다. 사회 전체의 연대를 강화하고 혁신과 성장이 가능한 토대를 만드는 데 일조하여야 한다. 노사 모두 스스로가 사회적 책임의 주체라는 인식을 갖고, 기존 노사관계의 자세, 전략, 방법론에 대한 변혁이 필요하다.

주

1 _ Joanne Conaghan, Richard Michael Fischl, Karl Klare, 《Labour Law in an Era of Globalization: Transformative Practices and Possibilities》, Oxford University Press, 2002. Bob Hepple, 《Labour Laws and Global Trade》, Hart Publishing, 2005.

2 _ Joseph Stiglitz, 〈The Global Crisis, Social Protection and Jobs〉, 《International Labour Review》, Vol. 148, 2009.

3 _ 장하성, 《왜 분노해야 하는가–분배의 실패가 만든 한국의 불평등》, 헤이북스, 2015. 전병유, 《한국의 불평등》, 페이퍼로드, 2016.

4 _ ILO, 《Decent Work and the 2030 Agenda For Sustainable Development》, 2018.

5 _ 독일 연방사회노동부(경제사회발전 노사정위원회 譯), 〈노동 4.0〉, 2015.

6 _ 고용노동부, 〈2017 전국 노동조합 조직 현황〉, 2018.

7 _ 현행 파견법에서는 기존의 고용간주 조항을 직접 고용의무 조항으로 개정하였다. 파견근로자 보호 등에 관한 법률 제6조의2 참조.

8 _ 시간이 흐를수록 점점 깊게 벌어지는 바위틈처럼 일터의 균열도 깊어진다는 뜻으로, 미국 버락 오바마 정부의 노동부 근로기준 분과 행정관을 역임한 데이비드 와일(David Weil) 교수가 제시한 개념이다. 기업이 비용 절감을 위해 과거와 같이 노동자를 직접 고용하는 대신 하청, 파견, 프랜차이즈, 제3자 경영 등을 활용해 하위 업체에서 일하는 사람들의 노동 조건이 더욱 불안정해지는 현상을 일컫는다.
데이비드 와일(송연수 譯), 《균열 일터: 당신을 위한 회사는 없다》, 황소자리, 2014.

9 _ 노동부, 〈노사관계 개혁 방안〉, 2003. 9. 4., 12–13쪽.

10 _ 노동부, 《노동행정사》, 제3편, 노동자 보호 정책, 2006, 93쪽.

11 _ Dazu Zöllner, 《Flexibilisierung des Arbeitsrechts》, ZfA, 1988, p. 268. Wolfgang Däubler, 《Perspektiven des Normalarbeitsverhältnisses》, AuR, 1988, p. 305.

H. Matthies, U. Mückenberger, C. Offe, E. Peter and S. Raasch,《Arbeit 2000》, Rowohlt Tb, 1994.

12 _ 西谷敏,〈勞働法における規制緩和と彈力化〉,《日本勞働法學會誌》, 93号, pp. 6-8.

13 _ 김형배,〈한국 노동법의 개정 방향과 재구성〉,《법학논집》, 제30집, 1994, 15쪽.

14 _ 하경효,〈노동법의 기능과 법 체계적 귀속〉, 김형배 교수 정년퇴임 기념 논문집《사회 변동과 사법 질서》, 2000, 245-246쪽.

15 _ 고용노동부,〈2017년 노동조합 조직현황〉, 2018. 12.

16 _ 대법원 2001. 2. 23. 선고 2000도4299 판결.

17 _ 김형배,《노동법》, 박영사, 2010, 812쪽.
이승욱,〈산별 노동조합의 노동법상 쟁점과 과제〉,《노동법연구》, 제12호, 2002, 216쪽.

18 _ 임종률,《노동법》, 박영사, 2014, 111-112쪽.
하갑래,《집단적 노동관계법》, 중앙경제, 2010, 255-256쪽.

19 _ 김기덕,〈산업별 노조의 단체교섭 주체에 관한 법적 검토〉,《노동과 법》, 제5호, 2004, 132-134쪽.

20 _ 이승욱,〈산별노동조합의 노동법상 쟁점과 과제〉,《노동법연구》, 제12호, 2002, 216쪽.

21 _ 이철수,〈산별체제로의 전환과 법률적 쟁점의 재조명〉,《노동법연구》, 제30호, 2011, 55-56쪽.

22 _ 노동조합이 존속 중에 그 조합원의 범위를 변경하는 조직변경은 변경 후 조합이 변경 전 조합의 재산관계 및 단체협약의 주체로서의 지위를 그대로 승계한다는 조직변경의 효과에 비추어 볼 때, 변경 전후의 조합의 실질적 동일성이 인정되는 범위 내에서 인정된다. 대법원 1997. 7. 25. 선고 95누4377 판결.

23 _ 이철수, 〈산별체제로의 전환과 법률적 쟁점의 재조명〉, 《노동법연구》, 제30호, 2011, 66-76쪽.

24 _ 사내하도급 관련 주요 판결의 흐름은 다음과 같이 유형화될 수 있다. ① 묵시적·직접적 근로관계를 인정한 사례('경기화학 사건', 대법원 2002. 11. 26. 선고 2002도649 판결; '현대미포조선 사건', 대법원 2008. 7. 10. 선고 2005다75088 판결; '인사이트코리아 사건', 대법원 2003. 9. 23. 선고 2003두3420 판결), ② 불법파견으로 보아 파견법상 근로관계(고용간주)를 인정한 사례('울산 현대자동차 사건', 대법원 2010. 7. 22. 선고 2008두4367 판결; '예스코 사건', 대법원 2008. 9. 18. 선고 2007두22320 전원합의체 판결; '한국마사회 사건', 대법원 2009. 2. 26. 선고 2007다72823 판결; 'SK와이번스 사건', 대법원 2008. 10. 23. 선고 2006두5700 판결), ③ 근로관계는 부정하지만 노사관계(부당노동행위)는 인정한 사례('현대중공업 사건' 대법원 2010. 3. 25. 선고 2007두8881 판결).

25 _ 이영면 외, 《원하청도급관계에서의 노동법적 쟁점 및 과제》, 노동부 용역보고서, 2007, 302-304쪽.

26 _ 대법원 2012. 3. 29. 선고 2010다91046 판결.

27 _ 대법원 2013. 12. 18. 선고 2012다89399 판결; 대법원 2013. 12. 18. 선고 2012다94643 판결.

28 _ 대법원 1996. 2. 9. 선고 94다19501 판결; 대법원 2012. 3. 15. 선고 2011다106426 판결 등.

29 _ 대법원 2013. 12. 18. 선고 2012다89399 판결, 12면.

30 _ 대법원 2013. 12. 18. 선고 2012다89399 판결, 14면.

31 _ 이철수, 〈통상임금에 관한 최근 판결의 동향과 쟁점-고정성의 딜레마〉, 《서울대학교 법학》, 제54권 제3호, 2013, 893쪽 이하 참조.

32 _ 대법원 2013. 12. 18. 선고 2012다89399 판결, 12면.

33 _ 대법원 2013. 12. 18. 선고 2012다89399 판결, 13면.

34 _ 임금제도개선위원회, 〈임금제도개선위원회 논의자료 2〉, 2013. 7. 24. 참조.

35 _ 임금제도개선위원회, 〈통상임금 관련자료〉, 2013. 6. 27., 17쪽.

36 _ 대법원 2003.7.22. 선고 2002도7225 판결.

37 _ "대법원이 노동자의 단체행동에 대한 규제를 강화하고 노동자 보호 기준은 완화하는 방향으로 입장을 변경해 왔다고 해도 틀린 말이 아니다"라고 혹평한 견해도 같은 취지일 것이다. 강진구, 〈노동자 울리는 '노동법 심판들'〉, 《경향신문》, 2015. 7. 7.

38 _ 전형배, 〈경영권의 본질과 노동3권에 의한 제한〉, 《강원법학》, 제44권, 한국노동법학회, 2015, 661쪽.

39 _ 도재형, 〈파업과 업무방해죄〉, 《노동법학》, 제34호, 2010, 93쪽.
노정희, 〈구조조정 반대를 목적으로 한 쟁의행위의 정당성〉, 《노동법실무연구》, 김지형 대법관 퇴임기념 제1권, 사법발전재단, 2011, 662쪽.

40 _ 신권철, 〈노동법에 있어 경영권의 비판적 고찰〉, 《노동법학》, 제63호, 2017, 48쪽.

41 _ 도재형, 〈파업과 업무방해죄〉, 《노동법학》, 제34호, 2010, 93쪽.

42 _ 대법원 1999.6.25. 선고 99다8377 판결.

43 _ 대법원 2001.4.24. 선고 99도4893 판결.

44 _ 대법원 2002.2.26. 선고 99도5380 판결.

45 _ '한국시그네틱스 사건', 대법원 2003.11.13. 선고 2003도687 판결; '한국과학기술원 사건', 대법원 2003.12.26. 선고 2001도3380 판결 ; '대한항공 조종사 사건', 대법원 2008.9.11. 선고 2004도746 판결; '한국과학기술원 사건', 대법원 2003.12.26. 선고 2001

도3380 판결; '쌍용자동차 사건', 대법원 2011.1.27. 선고 2010도11030 판결.

46 _ 대법원 2000. 5. 26. 선고 98다34331 판결.

47 _ 정인섭, 〈정리해고와 파업의 정당성〉, 《노동법률》, 2002년 4월호, 중앙경제사, 2002, 29쪽.

48 _ 이용우, 《자유민주주의를 위한 일념으로》, 법률신문사, 2017, 49-68쪽.

49 _ Traux v. Corrigan, 257 U.S. 312 (1921).
이다혜, 〈미국의 노동가처분 (Labor Injunction): 20세기 초 법원의 보수성과 노동탄압의 역사〉, 《노동법연구》, 제32호, 2012 참조.

50 _ Stanley Young, 〈The Question of Managerial Prerogatives〉, 《ILR Review》, Vol. 16. No. 2, 1963, pp. 240-253.

51 _ 최석환, 〈소위 경영권 논의의 연원과 성쇠〉, 《노동법연구》, 제45호, 2018, 173-174쪽.

52 _ 신인령, 〈경영권·인사권과 노동기본권의 법리〉, 《노동인권과 노동법》, 도서출판 녹두, 1996, 86쪽.

53 _ 박제성, 〈관할권 또는 법을 말할 수 있는 권한: 경영권의 법적 근거에 대한 비판적 검토와 사회정의의 교의적 가치에 대하여〉, 《시민과 세계》, 제30호, 2017, 177-178쪽.

54 _ 대전지방법원 2011. 1. 28. 선고 2010고단1581, 2729(병합) 판결.

55 _ 서울고등법원 2015. 4. 29. 선고 2014나11910 판결.

56 _ 대법원 2014. 3. 27. 선고 2011두20406 판결.

57 _ 대법원 2018. 9. 13. 선고 2017두38560 판결.

58 _ 신권철, 〈노동법에 있어 경영권의 비판적 고찰〉, 《노동법학》, 제63호, 2017, 33-34쪽.

59 _ 이에 관한 자세한 법리적 논쟁은 이철수, 〈노동법의 신화 벗기기: 아! 경영권〉, 서울대 노동법연구회 공개 세미나 발표문, 2017 참조.

60 _ 고용노동부, 〈2017년 노동조합 조직현황〉, 2018. 12.

61 _ 미국의 경우는 최근 공공 부문 노사관계에서 괄목할 만한 성장이 있었고 요양 보호사, 청소업 종사자 등 서비스직, 그리고 이주노동자 등 전통적인 노동법의 외연에서 밀려나 있던 집단을 중심으로 노동 운동이 조직화 및 활성화되고 있는 점을 고려할 때, 한국의 상황과 단순 비교할 수는 없다.
이다혜, 〈미국 노동법학의 현실-Karl E. Klare 교수와의 대화를 중심으로〉, 《노동법연구》, 제37호, 2014 참조.

62 _ 근로자위원 선출 절차 이행의 주체가 불명확하고 참여를 위한 절차 규정이 미비한 무노조 사업장의 경우, 근로자위원을 간접선거로 선출하거나, 회사가 지명 또는 추천하는 경우 등의 비율이 높고 직접선거 원칙을 구현하는 경우가 절반에 이르지 못하는 것으로 조사된 바 있다.
김훈·김정우, 〈노사협의회의 운용 실태: 무노조사업체를 중심으로〉, 《월간 노동리뷰》, 한국노동연구원, 2011년 2월호 참조.

63 _ 종업원위원회 구성에 대한 최근의 논의로 김홍영, 〈취업규칙 관련 법리의 문제점과 대안: 근로자위원회의 사업장협정 도입 모색〉, 《노동법연구》, 제42호, 2017; 송강직, 〈노동자 경영참가와 노사관계 차원의 경제민주화〉, 서울대 공익인권법센터 경제민주화 심포지움 자료집, 2016. 등 참조.

64 _ 통계청, 〈통계로 보는 여성의 삶〉, 2018.

65 _ World Bank, 〈World Development Report: Gender Equality and Development〉, 2012.

66 _ 조성호·김지민, 《일·생활 균형을 위한 부부의 시간 배분과 정책과제》, 한국보건사회연구원, 2018, 82쪽.

67 _ 이지은, 〈기본소득과 재량시간: 성별 비교를 중심으로〉, 기본소득 청년연구자 네

트위크 세션 발표문, 2018.

68 _ 윤자영, 〈돌봄불이익과 기본소득〉, 《한국사회정책》, 제25권 제2호, 2018.

69 _ ILO, 〈Addressing Care for Inclusive Labour Markets and Gender Eequality〉, 《Global Commission on the Future of Work, Issue Brief #3》, 2018, p. 2.

70 _ 이병희 외, 〈비공식 취업 연구〉, 한국노동연구원, 2012, 48쪽.

71 _ 근로기준법 제11조(적용 범위)의 내용은 다음과 같다. 상시 5명 이상의 노동자를 사용하는 모든 사업 또는 사업장에 적용한다. 다만, 동거하는 친족만을 사용하는 사업 또는 사업장과 가사(家事) 사용인에 대하여는 적용하지 아니한다. 가사 사용인은 기간제법, 남녀고용평등법, 최저임금법, 직업안정법 및 산재보험 등 사회보험 관련 법률에서도 배제되어 있다.

72 _ ILO, 〈Domestic Workers Convention〉, 2011.
ILO, 〈Domestic Workers Recommendation〉, 2011.

73 _「가사근로자의 고용개선 등에 관한 법률안」, 정부 제출안, 2017. 12. 28.
「가사노동자의 고용개선 등에 관한 법률안」, 서형수 의원 및 27인, 2017. 6. 16.

74 _ 조성혜, 〈가사근로자의 법적 지위와 가사근로자의 고용개선 등에 관한 법률안 분석〉, 《법과 정책연구》, 제18권 제2호, 2018.

75 _ Judy Fudge, 〈Labour as a Fictive Commodity: Radically Reconceptualizing Labour Law〉, 《The Idea of Labour Law》, Oxford University Press, 2011.

76 _ 마리아로사 달라 코스따(김현지·이영주 譯), 《집안의 노동자: 뉴딜이 기획한 가족과 여성》, 갈무리, 2017.

77 _ 이반 일리치(노승영 譯), 《그림자 노동》, 사월의책, 2015.

78 _ 남녀고용평등과 일·가정 양립 지원에 관한 법률 제1조(목적) 이 법은 대한민국 헌법의 평등 이념에 따라 고용에서 남녀의 평등한 기회와 대우를 보장하고 모성 보호와 여성 고용을 촉진하여 남녀고용평등을 실현함과 아울러 근로자의 일과 가정의 양립을 지원함으로써 모든 국민의 삶의 질 향상에 이바지하는 것을 목적으로 한다.

79 _ Lourdes Beneria, 〈Globalization, Women's Work and Care Needs: The Urgency of Reconciliation Policies〉, 《North Carolina Law Review》, Vol. 88. No. 5, 2010.

80 _ 장지연, 〈돌봄노동의 사회화 유형과 여성노동권〉, 《페미니즘연구》, 제11권 제2호, 2011.

81 _ 현행법 및 판결 등에서는 체류자격이 없이 국내에 있는 외국인을 '불법체류' 외국인으로 일컫는 경우가 대부분이나, 체류자격 위반은 하나의 불법행위가 될 수 있지만 사람의 정체성에까지 '불법'이라는 명칭을 붙이는 것은 과도한 낙인이라는 점, 그리고 때로는 이민법 및 정책의 한계 때문에 불법체류 현상이 양산되기도 한다는 점에서 '미등록' 외국인이라는 용어가 더 바람직하다. UN 이주노동자 권리협약도 '불법(illegal)'이라는 표현은 지양하고, '미등록(undocumented)'이라는 용어를 쓰고 있다. 본서에서는 법령 및 판결의 내용을 그대로 인용할 때에만 '불법체류'라는 용어를 사용하였다.

82 _ 헌재 2001.11.29. 선고 99헌마494 결정.

83 _ 브라이언 터너(서용석·박철현 譯), 《시민권과 자본주의》, 일신사, 1997, 49쪽.

84 _ 아리스토텔레스(라종일·천병희 譯,) 《정치학》, 박영사, 2003, 91-92쪽.
이선주, 〈시민권, 포함의 역사 또는 배제의 역사〉, 《영어영문학연구》, 제55권 제1호, 2013, 331쪽.

85 _ 유동기, 〈사도 바울과 그의 시민권〉, 《학문과 기독교 세계관》, 제4집, 2011, 49쪽.

86 _ UN, 〈Universal Declaration of Human Rights〉, 1948.

87 _ ILO, 〈Executive Summary on International Labour Migration: A Rights based Approach〉, 2010, p. 1.

88 _ Linda Bosniak, 〈Citizenship and Work〉, 《North Carolina Journal of International Law and Commercial Regulation》, Vol. 27. No. 3, 2002, p. 498.

89 _ 대법원 1995. 9. 15. 선고 94누12067 판결.

90 _ 헌법재판소 2007. 8. 30. 선고 2004헌마670 결정.

91 _ 헌법재판소 2011. 9. 29. 선고 2007헌마1083, 2009헌마230, 352(병합) 결정.

92 _ 그러나 반대 의견에서는 "외국인이라 하더라도 고용 허가를 받고 적법하게 입국하여 상당한 기간 동안 대한민국 내에서 거주하며 일정한 생활 관계를 형성, 유지하며 살아오고 있는 중이라면, 적어도 그가 대한민국에 적법하게 체류하는 동안에는 인간의 존엄과 가치를 인정받으며 그 생계를 유지하고 생활 관계를 계속할 수 있는 수단을 선택할 자유를 보장해 줄 필요가 있다"고 보았다.

93 _ Jennifer Gordon, 〈People are not Bananas: How Immigration Differs from Trade〉, 《Northwestern University Law Review》, Vol. 1004, 2010.

94 _ UN, 〈International Convention on the Protection of the Rights of All Migrant Workers and Members of their Families〉, 1990.

95 _ 대법원 2015. 6. 25. 선고 2007누4995 전원합의체 판결.

96 _ 서울행정법원 2006. 2. 7. 선고 2005구합18266 판결.

97 _ 서울고등법원 2007. 2. 1. 선고 2006누6774 판결.

98 _ 이다혜, 〈이주노조 대법원 판결의 의의와 한계〉, 《노동법학》, 제56호, 2015, 369쪽.

99 _ 이다혜, 〈시민권과 이주노동-이주노동자 보호를 위한 '노동시민권'의 모색〉, 서울대학교 법학박사 학위논문, 2015.

100 _ 제러미 리프킨(안진환 譯),《한계비용 제로 사회》, 민음사, 2014.

101 _ 클라우스 슈밥(송경진 譯),《클라우스 슈밥의 제4차 산업혁명》, 새로운현재, 2016.

102 _ Marcus Felson and Joe L. Speath, 〈Community Structure and Collaborative Consumption〉,《American Behavioral Scientist》, Vol. 21, No. 4, 1978, pp. 614-624.

103 _ Harald Heinrichs, 〈Sharing Economy: A Potential New Pathway to Sustainability〉, 《Gaia》, 22(4), 2013, pp. 228-231.

104 _ Lawrence Lessig,《Remix: Making Art and Commerce Thrive in the Hybrid Economy》, Penguin Press, 2008.

105 _ Robert Sprague, 〈Worker (Mis)Classification in the Sharing Economy: Square Pegs Trying to Fit in Round Holes〉,《A.B.A. Journal of Labor & Employment Law》, Vol. 31, No. 53, 2015, p. 3.

106 _ 한병철(김태환 譯),《피로사회》, 문학과지성사, 2012, 23-29쪽.

107 _ 〈Uber Revenue and Usage Statistics〉, Business of Apps, 2018.
http://www.businessofapps.com/data/uber-statistics

108 _ Jonathan Hall and Alan Krueger, 〈An Analysis of the Labor Market for Uber' Driver-Partners in the United States〉,《NBER Working Paper》, 2015.
한주희, 〈미국의 우버 운전기사 현황 및 근로자 지위 관련 논쟁〉,《국제노동브리프》, 4월호, 2016, 53쪽.

109 _ O'Connor v. Uber Techs., 82 F. Supp. 3d 1133 (N.D. Cal. 2015)
Cotter v. Lyft, Inc., 60 F. Supp. 3d 1067 (N.D. Cal. 2015)

110 _ Argus v. Homejoy, 1:15-cv00767 (ND Ill, Mar 5, 2015)
Zenalaj v. Handybook, 109 F. Supp. 3d 125 (2015)

Shardae Bennett v. Wash.Io, Inc, class action filed on Dec 8, 2015.

111 _ Lourdes Beneria, 〈Globalization, Women's Work and Care Needs: The Urgency of Reconciliation Policies〉, 《North Carolina Law Review》, Vol. 88. No. 5, 2010.

112 _ 최근 가사노동 종사자들의 업무가 디지털 노동으로 전환되는 현상에 관련된 자세한 논의는 이다혜, 〈4차 산업혁명과 여성의 노동: 디지털 전환이 돌봄노동에 미치는 영향을 중심으로〉, 《법과 사회》, 제60호, 법과사회이론학회, 2019. 참조.

113 _ 서울행정법원 2015. 9. 17. 선고 2014구합75629 판결.
서울고등법원 2016. 8. 12. 선고 2015누61216 판결.

114 _ 대법원 2018. 4. 26. 선고 2016두49372 판결.
대법원 2018. 4. 26. 선고 2017두74179 판결.

115 _ 본 판결에 대한 분석으로 이다혜, 〈디지털 노동 시대의 종속? 특수형태근로종사자의 '전속성' 판단 문제: 대법원 2018. 4. 26. 선고 2017두74179 판결〉, 《노동법학》, 제67호, 2018. 참조.

116 _ Carl Benedikt Frey and Michael Osborne, 〈The Future of Employment: How Susceptible are Jobs to Computerisation?〉, the Oxford Martin Programme on Technology and Employment, 2013, pp. 254-280.

117 _ Daron Acemoglu and David Autor, 〈Skills, Tasks and Technologies: Implications for Employment and Earnings〉, 《NBER Working Paper Series》, Cambridge, National Bureau of Economic Research, 2010.
Andrea Salvatori, 〈The Anatomy of Job Polarization in the UK〉, 《Discussion Paper Series》, IZA, 2015.

118 _ 김교성·백승호·서정희·이승윤, 《기본소득이 온다: 분배에 대한 새로운 상상》, 사회평론아카데미, 2017.
필리페 판 파레이스·야니크 판데르보흐트(홍기빈 譯), 《21세기 기본소득: 자유로운 사회, 합리적인 경제를 위한 거대한 전환》, 흐름출판, 2017.

기본소득 한국 네트워크, http://basicincomekorea.org/all-about-bi_definition

119 _ 김교성·백승호·서정희·이승윤,《기본소득이 온다: 분배에 대한 새로운 상상》, 사회평론아카데미, 2017.

120 _ 헌재 2002. 11. 28. 선고 2001헌바50 결정 등.

121 _ 헌법이 상정하는 근로를 '인간의 존엄성이 보장되는 근로'로 명확히 하고 이를 바탕으로 근로권을 재해석해야 한다는 견해가 있다.
양승광, 〈헌법상 근로권 체계의 재구성〉, 《노동법연구》, 제44호, 2018, 205-207쪽.

122 _ 가이 스탠딩(안효상 譯),《기본소득: 일과 삶의 새로운 패러다임》, 창비, 2018, 22쪽.

123 _ Karl Widerquist, 〈A Failure to Communicate: What (if anything) Can We Learn from the Negative Income Tax Experiments?〉, 《The Journal of Socio-Economics》, 34(1), 2005.

124 _ 가이 스탠딩(안효상 譯),《기본소득: 일과 삶의 새로운 패러다임》, 창비, 2018, 196쪽.

125 _ 팀 던럽,《노동 없는 미래》, 비즈니스맵, 2016, 219쪽.

126 _ Nicolas Bueno, 〈Introduction to the Human Economy: From the Right to Work to Freedom from Work〉, 《The International Journal of Comparative Labour Law and Industrial Relations》, 33(4), 2018.

127 _ 필리페 판 파레이스(조현진 譯),《모두에게 실질적 자유를: 기본소득에 대한 철학적 옹호》, 후마니타스, 2016.

128 _ 김교성·백승호·서정희·이승윤,《기본소득이 온다: 분배에 대한 새로운 상상》, 사회평론아카데미, 2017, 138-139쪽.

129 _ 한나 아렌트(이진우·태정호 譯) , 인간의 조건, 한길사, 1996.

130 _ Sara Cantillon and Caitlin McLean, 〈Basic Income Guarantee: The Gender Impact within Households〉, 《Journal of Sociology & Social Welfare》, Vol 43. Issue 3, 2016.

131 _ 권정임, 〈기본소득과 젠더 정의: 젠더 정의를 위한 사회 재생산 모형〉, 《마르크스주의 연구》, 10(4), 2013.

132 _ 독일 연방노동사회부, 〈노동 4.0〉 녹서, 2016.

133 _ 이철수 외, 〈경제 산업 환경 변화에 대응한 새로운 노동 패러다임 확립에 관한 연구: 한국형 노동 4.0〉, 고용노동부 연구보고서, 2018.

북저널리즘 인사이드 　　　　일할 자유를 위하여

일은 우리 삶의 대부분을 차지한다. 법정 근로시간을 기준으로 단순 계산해 봐도 30퍼센트가 넘는 시간이 노동에 투입된다. 수면 시간을 제외하면 비중은 절반 가까이로 치솟는다. '일의 미래', '양질의 일자리'는 개인을 넘어 국가, 사회 차원의 화두일 수밖에 없다.

산업 구조의 변화는 일을 둘러싼 논의를 더욱 복잡하게 만들고 있다. 이제 우리는 일자리를 지키고, 더 나은 일터를 만드는 고민을 넘어 노동 형태의 변화, 심지어는 노동의 종말까지도 고려해야 하는 상황에 처했다. 플랫폼 노동으로 대표되는 새로운 형태의 일, 인공지능 등 신기술의 발전으로 사라지는 일자리는 노동이라는 개념 자체를 새롭게 정의할 것을 요구하고 있다.

한국을 대표하는 노동법 학자, 변화에 주목하는 젊은 학자인 두 저자는 한국 노동법의 역사와 핵심적 변화의 양상들을 짚으면서 일의 변화에 대응하기 위해서는 노동법을 들여다봐야 한다고 말한다. 법과 제도는 사회 구성원의 합의를 거친 문제 해결의 방식이다. 우리의 노동이 더 나은 방향으로 발전하는 과정에서 한국의 노동법은 지속적으로 변화해 왔다. 이제 노동법은 일의 미래, 일자리의 미래를 제시하는 틀이 되어야 한다.

두 저자가 제시하는 일의 미래상은 '영혼 있는 노동'이다. 점점 커지는 노동의 유연성, 전에 없던 형태의 노동은 일터의 불안을 키우고 있다. 노동자를 보호하고 해방시킬 수 있는 자유와 평등의 가치는 더 중요해지고 있다. 새로운 세대는 일을 단순한 생존 수단이 아닌 자기 표현과 성장의 수단으로 여긴다. 달라진 노동의 가치를 반영한 문제 해결을 위해서는 노동자의 정의, 노사관계, 소득 분배 방식이 달라져야 한다.

"자유는 법률의 보호를 받아 처음으로 성립한다." 로마 시대 철학자 아우렐리우스 아우구스티누스의 말이다. 노동자의 자유 역시 노동법의 보호하에서 가능하다. 선택을 바탕으로 자유롭게 일할 수 있는 일터, 참여와 창조로 이뤄지는 업무는 개인의 노력이나 일부 사업장의 변화만으로 이뤄질 수 없다. 사회 구성원의 논의와 합의를 거친 법과 제도의 개선을 고민해야 할 때다.

김하나 에디터